Le Canapé Rouge suivi de La Petite Trotteuse Michèle Lesbre

红沙发 秒针

〔法国〕米歇尔·莱斯博 著 陈潇 张弛 译

上海文艺出版社

图书在版编目(CIP)数据

红沙发/(法)莱斯博著;陈潇,张弛译.
—上海:上海文艺出版社,2015
ISBN 978-7-5321-5873-7

Ⅰ.①红… Ⅱ.①莱… ②陈… ③张… Ⅲ.①长篇小说-法国-现代 Ⅳ.①I565.45

中国版本图书馆 CIP 数据核字(2015)第 236212 号

Le Canapé Rouge
Michèle Lesbre

La Petite Trotteuse
Michèle Lesbre

著作权合同登记号 图字:09-2015-580

总 策 划:黄育海 陈 征

责任编辑:徐如麒
策划编辑:何家炜

封面绘图:yangmwahaha
封面设计:汪佳诗

红沙发
〔法国〕米歇尔·莱斯博著
陈 潇 张 弛 译
上海文艺出版社
上海绍兴路 74 号
电子信箱:cslcm@public1.sta.net.cn
网址:www.slcm.com
新华书店经销 山东临沂新华印刷物流集团印刷
开本 889×1194 1/32 印张 6.75 字数 120,000 插页 2
2016 年 2 月第 1 版 2016 年 2 月第 1 次印刷
ISBN 978-7-5321-5873-7/I·4691 定价:28.00 元

中经典

中篇小说的“合法性”

——“中经典”总序

毕飞宇

在中国的当代文学里，“中篇小说”的合法性毋庸置疑。依照长、中、短这样一个长度顺序，中篇小说就是介于长篇小说和短篇小说之间的一个小说体类。依照“不成文的规定”，十万字以上的小说叫长篇小说，三万字以内的小说叫短篇小说，在这样一个“不成文”的逻辑体系内，三万字至十万字的小说当然是中篇小说。

然而，一旦跳出中国的当代文学，“中篇小说”的身份却是可疑的。中国现代文学史的常识告诉我们，尽管《阿Q正传》差不多可以看做中篇小说的发轫和模板，可是，《阿Q正传》在《晨报副刊》连载的时候，中国的现代文学尚未出现“中篇小说”这个概念。

如果我们愿意跳出汉语的世界，“中篇小说”的身份就越发可疑了。行家告诉我们，在西语里，我们很难找到与“中篇小说”相对应的概念。英语里的Long short story勉强算一个，可是，Long short story，一看就是Short story的转基因，它是后来的聪明人在实验室里捣鼓出来的，如果出现了另一个同样聪明的人，他偏偏不喜欢Long short story，他非得说Short novel，我们这些不聪明的人似乎也只能接受。

想起来了，那一次在柏林，我专门请教过一位德国的文学教师，他说，说起小说，拉丁语里的Novus这个单词不能回避，它的意思是“新鲜”的，“从未出现过”的事件、人物和事态发展，基于此，Novus当然具备了“叙事”的性质。意大利语中的Novella，德语里的Novelle和英语单词Novel都是从Novus那里挪移过来的。——如果我们粗暴一点，我们完全可以把那些单词统统翻译成“讲故事”。

德国教师的这番话让我恍然大悟：传统是重要的，在西方的文学传统面前，“中篇小说”这个概念的确可以省略。姚明两米二六，是个男人；我一米七出头，也是男人，有必要把我叫做“中篇男人”么？这样的精确毫无意义。

我至今还记得一九八二年的那个秋天，那年秋天我读到了《老人与海》。这让我领略了“别样”的小说，它的节奏与语气和长篇不一样，和短篇也不一样，铺张，却见好就收。对我来说，《老人与海》不只是“新鲜的”、“从未出现过”的，它太完整了，阅读这样的小说就是“一口气”的事情。《老人与海》写了什么呢？出海，从海上归来。就这些。这应当是一个短篇小说容量，可是，因为是出“海”，短篇的容积似乎不够。——不够怎么办？那它只能是一个长篇。然而，《老人与海》的“硬件”毕竟有限：一个倒霉的老男人，外加一条倔强的鱼；因为老人同样倔强，那条鱼就必须倒霉。这可以构成一个长篇么？似乎也不够。我不知道海明威在写《老人与海》的时候有没有想到"中篇小说"这个概念，我估计他没那么无聊。读完《老人与海》，我能感受到的是咄咄逼人的尊严感。一个写作者的尊严，一个倒霉蛋的尊严，一条鱼的尊严，大海的尊严，还有读者的尊严。

尊严就是节制。尊严就是不允许自己有多余的动作，在厄运来临之际，眨一下眼睛都是多余的，它必须省略。

同样的尊严我也从加缪那里领略过，也从卡夫卡那里领略过，也从菲利普·罗斯那里领略过。

话说到这里其实也简单了，不管是Long short story还是Short novel，这些概念说到底是可以悬置的。写作的本质是自由，它的黄金规则叫"行于当行、止于当止"。从这个意义上说，谁又会真的介意有没有"中篇小说"这个概念呢，如果有，我情愿把"中篇小说"看做节俭的、骄傲的Novel，也不愿意把它当做奢侈的、虚浮的Short story。

我的结论很简单，无论"中篇小说"这个名分是不是确立，在小说家与小说体类这个事实婚姻中间，"中篇小说"是健康的，谁也没能挡住它的发育和成长。

也许我还要多说几句。

我对"中篇小说"有清晰的认知还要追溯到遥远的"伤痕文学"时期。"伤痕文学"，我们也可以叫做"叫屈文学"或"诉苦文学"，它是激愤的。它急于表达。因为有“伤痕”，有故事，这样的表达就一定比“呐喊”需要更多的时间和更大的篇幅。但是，它又容不得十年磨一剑。十年磨一剑，那实在太憋屈了。还有什么比“中篇小说”更适合“叫屈”与“诉苦”呢？没有了。

我们的“中篇小说”正是在“伤痕文学”中茁壮起来的，是“伤痕文学”完善了“中篇小说”的实践美学和批判美学，在今天，无论我们如何评判“伤痕文学”，它对“中篇小说”这个小说体类的贡献都不容抹杀。直白地说，“伤痕文学”让“中篇小说”成熟了，这就是为什么我们可以从寻根文学、先锋文学、新写实文学到晚生代文学那里读到中篇佳构的逻辑依据。中国的当代文学能达到现有的水准，中篇小说功不可没。事实永远胜于雄辩，新时期得到认可的中国作家们，除了极少数，差不多每个人都有拿得出手的好中篇。这样的文学场景放在其他国家真的不多见。——中国的文学月刊太多，大型的双月刊也多，它们需要。它们为“中篇小说”实践提高了最好的空间。

说“中篇小说”构成了中国当代小说的一个特色，这句话也不为过。

所以说，“合法性”无非就是这样一个东西：它始于非法，因为行为人有足够的创造性和尊严感，历史和传统只能让步，自然而然地，它合法了。

目　录

红沙发

独自一人，我想到人类的生活是一条飞速的银链，如同流星一般。然后有一天，不知道为什么，它们的眼睛坠入黑暗中，我们再也看不见它们。

——吕克·迪特里希

《悲伤的幸福》

生活在流浪，远行；在偏远的乡下和村落，时间的车队在前行，在荒凉的村落和无声的乡下，只剩下宝贵且忠诚的乌托邦，令人羡慕。

——安娜·玛利亚·奥特斯

1991 年 10 月

献给甘必塔地铁站的小先生

在一条石街上，一个男人正在卷烟叶。他站在一辆绿色的三轮摩托车旁。这只巨大的甲壳虫是他寂寞的伴侣。男人跟他的机车站在一起。远远地，我认得出他的姿势，吉尔也是这样卷烟叶的。他把一小撮烟叶捧在手心，用手指将其碾碎，然后平铺在一张纸上，用舌尖舔一下有黏性的纸后迅速把烟叶卷起来。蜂蜜和干草的味道飘过来，我在车窗后也能闻到，男人离我有十几米远。我几乎可以听到烟叶的沙沙声，想象他那柔软的手指，男性化的姿势，歪着的脑袋。此刻弥漫着悬疑、仪式化和亲密的气息。他没有盯着重新启动的火车看。我想这就是所谓的旅行，身处西伯利亚的某地，醒过来却不知何处？一个男人在卷烟叶，虽然他很快消失在我的视野里，但我一直记得他。直到今天，我时不时会想起这个陌生人极为亲密却又简短的出场，还有其他以同样神秘的方式出现的人们，他们留在了我的记忆中，他们是我这场流浪之旅沉默的见证人。

我生命中的这一刻，纠缠不清的某人、苍白无力的言语，以及过时的理论整日整夜地折磨着我。我对这一切毫无办法，时间想吞噬我，它正在吞噬我，至少在经历了所有希望不可避免的破灭之后我是这样觉得的。我们的青春被具有欺骗性的理论所蚕食，我不是唯一察觉到这点的。然而让我害怕的是另外几位朋友的感受，没有其他方法最后落个自我伤害的下场。我在一本关于这一理论过时的书里看到这样一句话："人们不禁想问怎样才会把这一理论当真。"我怪罪作者做出如此残酷的假设。这个梦幻的世界，这个美丽的乌托邦：做自己，一个完整的自己，同时改变整个世界，难道不是孩子气的行为吗？作为立志要去东方和其他地方流浪的孤儿继承者，我们的某些前辈装作不知道实情，书上这句话有安慰到我们吗？

吉尔，他不想跟生活中既定的意义妥协，即建造一个所谓完美的世界。他一拍脑袋跑去贝加尔湖边生活，跟当地人一起演话剧，上演万比罗夫的剧本，万比罗夫一生的事业正好就在伊尔库茨克市。他的这个选择让我不安，但我明白他在那一刻是多么绝望。实在没必要挽留他，任何人或者任何事都留不住他。最初六个月，他经常写信，讲述他去湖边钓鱼，给孩子们做风筝。

之后，毫无音讯。

好几个星期没有回音后，我决定踏上同一趟旅程，坐上同一辆火车。虽然我们的生活轨迹不同，但我们经常分享生活细节。一想到他可能陷入某种危险之中，我就莫名的恐慌。站在机车旁边的男子也许就是个讯号，我正在靠近吉尔。这些熟悉的姿势就是证据，我需要证据说服自己。

我这次出发也是毫无预示，只通知了我工作的杂志社还有我的邻居老妇人，她坐在走廊尽头的沙发上。我在等待茶水的时候闲着无聊，走来走去，想起了这位老妇人。同样破旧的地毯，同样破损的窗帘，我确信就是她，从某种意义上来说就是她。除了接待几个工作上的访客，她平日一个人住在一间大门紧闭且幽静的公寓里，精神状态恍惚。每周两次，我会下楼来给她朗诵，给她讲述那些有勇有谋、机智灵敏的女性的一生，虽然她们的命运往往比较悲惨，但对我来说都是宝贵的。尽管我的朗诵让她昏昏欲睡，但这些不寻常的故事吸引了她的注意，以至于她会把自己当成玛丽昂·杜福埃，奥兰普·德古热，蜜列娜·洁森斯卡，甚至是女性摄影师安妮塔·康迪，她一生都在追寻自己的事业。这些故事给她的生命注入了活力，她终于站起身来，向世界宣战，走上冒险之旅。跟我手挽手走下楼梯，去对面的咖啡馆喝一杯，然后回到楼上，兴奋过头的她倒在红沙发上。

火车的走道里，几个孩子们盯着我，逼着我发出含糊不清的几个俄语单词，我一开口他们就哈哈大笑。我想象自己坐在靠垫上，那扇永不打开的窗户后面是喧哗的巴黎露台。我在想她无聊的时候，是否可以凭一己之力回忆起我们的朋友蜜列娜。尤其后者是她的最爱。她在如此动荡的生活中迷失了自我，不知道要经过哪条河才能准时赴约，这是她最爱做的事儿。她的寡居是我们关系的纽带，这份因为邻里关系而亲密起来的联系逐渐变得重要起来，我甚至想知道是什么促使我去敲她的门。因此，从某种程度上来说，她组成了这次让我害怕的旅行的一部分，不知道目的地，甚至是一个前途未明的目的地，就像是路力·布易达的《末日火车》一样。我已经在途中发现了好几个废弃的火车站，年迈的阿尔达别夫在哀鸣着寂寞，他说出了这场单程旅途所隐含的意义，“秘密，总是男人们不知道的”。

然后我想起了吉尔，想象他做的风筝像以前的枪旗一样飞舞，又似忧伤的大鸟在湖面盘旋。我想起了我们以前做爱的时光，那时候在前方等待我们的是美好的生活，而之后的这些年却触及不到，仿佛蒸发掉似的。

我知道真正的旅行开始于归来之后，它会淹没那之后的日子，给它一份延长的时间和距离感。画面层层叠叠，炼金术的秘密让我们的影子看起来比本体还真实。这就是旅行的真相。然而，最难的是在不明去路的时候起身，可惜我只是在回来之后才知道我也无法幸免于此，我与塞纳河畔还有一个约会。

大部分时间我醒来得很早，黎明刚刚破晓。松树和桦树从薄雾里探出头来，列车在薄雾里蒙头前行，灰色的小木屋若隐若现，被冰霜和阳光洗礼过的木头看起来像是被嚼过的纸张。天边越来越明朗，直视天际的我感到眩晕，低下头看地平线。可是地平线在哪儿？一切看起来那么遥远，不可触摸，如此广阔。

我喜欢这种没有标记的醒来，介于梦境和现实之间。在车厢里，还在熟睡中的旅伴们不规则的呼吸声加深了我这种奇怪的游离感，但我更多处于一种极度的放松状态，我的身体找回了它的位置，在接下来的日子里变得更加开放，更加现实。

一成不变的风景让我陷入麻木，为了从中摆脱，我跑去找了点茶喝，把脑袋枕在窗边，试图展开一场乱糟糟的对话，最后却以集体的狂笑声结束。

有时候，在寂静中消失的森林让我想起战场上悲剧的离场。被冬天残酷的北风吹成一边倒的桦树就像是受伤的巨人，白花花的树干变成了渐行渐远的剪影。

村子篱笆墙边总是系着一头山羊，一模一样，还有几群罕见的母牛，几片池塘，几块沼泽。在森林的一角有一处墓地，围着栅栏的坟堆意味着在如此广阔的空间里，想划分财产的愿望——就算是死人的财产，也是无法抑制的。一个女性沉重的身影出现，她穿着靴子，衣着随意，拿着一个水桶和某件工具。她能去哪儿呢？毫无疑问是走向“可能的明天”，自从我到达这个国家后经常听到的一个词。

我很快就入乡随俗，遵从列车上所谓的标准，每个人都穿着家居服或者便服。人们渐渐安顿下来。没人会用奇怪的眼光看着我穿的睡衣，甚至可以穿着睡衣去站台买东西。整车的人都醒过来，走来走去寻找补给品，在列车乘务员警醒的目光中，短暂的混乱就像是片刻的休闲。穿着同一件衣服的温度带来了一种奇异且纠缠不清的快乐，虽然每一天都是同一个避难所，但更容易互相辨识：粉色晨衣的女子，杂色罩裤的男子安德烈，在他的车厢里发疯似的作画，给每个孩子画画都是同一个场景：一间木屋，一棵桦树，一头乖乖吃草的山羊。

这些不知名的上午，没有明确的地点和时间，甚至连个大概时间点都没有，仿佛身处某个没有边界的时空中，这一切把我推向看不见的风景。废弃的火车站让我想起我以前从没去过的国家，令人不安的荒凉，在那里上演了其他人不知道的悲剧。

我沉迷于探究这些废弃的工厂，以及周边同样被遗弃的建筑物，然而只收到含糊不清的答复。我并不感到意外，但同时明白这看起来多么天真，因为没有答案的问题是无用的，他们早就知道了，他们的微笑原谅了我的无知。

在某些城市的月台上挤满了拿着大包小包的人群。逃难的吗？最后一次机会吗？有时候，我对自己轻装上阵的架势不太自在，我不过是个路人。除了必需品外，我只有两本书，一本看了好几个月的冉克雷维的小说，一本《罪与罚》的新版，我准备在路途中再读一次。我在这位哲学家身上找到了难以言喻的诗意，他让人想起生存的悲剧性，在陀思妥耶夫斯基的作品中我看到了某些面孔，这个国家所受的困难，他们的黑色幽默，他们出格的行为，他们残酷的野性和伟大，俄罗斯人蓝灰色眼睛里酝酿的风暴。某一天，他跟他弟弟写道："我有一个计划，变成疯子。"这些话在陷入绝望的拉斯柯尔尼科夫的头脑里回荡。在重新读过冉克雷维的作品后，我才稍微平息了这句话带给我的冲击。几个小时之后，我就这样经过了圣彼得堡灰蒙蒙的天空，还有它的跳蚤市场，有那么片刻清澈的瞬间，一切笼罩在强烈的光线下，显得那么不真实。有时候，我会有错觉身处一次奇怪的冒险，坐在红色沙发上的老妇人执拗地跟着我身后，我心头不由升起模糊的悔意。

在缓慢的颠簸之中，我试过好几个方法让自己不无聊，比如做笔记，解密车站站牌名字：基洛夫，叶卡特琳堡，新西伯利亚……"透过窗户看风景有双重认知的意味：目光和欲望。"蜜列娜在她的专栏里写过。

我被欲望所驱使，对吉尔的担忧一比一天强烈。他在我之前走上了这段旅程，他的目光在这片景色、这些站台上驻留过。面对这一排排桦树、橡树、废弃的工厂、沼泽、燃烧的天空，他肯定也放任过自己的思绪四处游走。

我不是念念不忘那段逝去的恋情。只不过它是一切恋情的缩影，经历一次便经历完一生的恋情。老妇人似乎在车厢里与我形影不离，我经常想起她。我们每个人以各自的方式回到生命最初的起点。殊途同归便是如此。

我从没在居民楼的大厅里见过她，也没在楼梯里遇过她。我认识其他所有的居民，至少名字和面孔。但克雷蒙丝·巴罗夫人是个神秘人物。我经过她家门口时，什么声音都听不到。我每次跟她提问时，她都是非常简洁的回答或者是一副了然的表情……真是个人物啊！她在这间公寓住了很多年，她可以被称为院长级人物，而且她的年纪也适合。我刚住进去不久。

某一天，我借口在我家聚餐，去敲三楼左边的门，事先表示不好意思打扰了，其实没抱太大希望，本来就只请了三四个人左右。一个年轻女孩出现了，从公寓深处传来的声音询问道："什么事？"没有等到年轻女孩开口，我自报家门，"您楼上的邻居。""进来！"我跨过门槛，看见她坐在狭窄阴暗的走廊尽头，一扇窗口透出一小片天空，窗口前面便是沙发。"走过来！"虚弱的影子下命令。

她听了我的说辞，不忘揶揄我说如果晚上噪音太大的话会惩罚我。之后大笑着反驳说她更希望以另外一种方式进行：今天的晚餐还有之后的晚餐，她只要求一件事情作为回报，如果我有时间的话，给她朗读小说。我先是一愣，然后变得沉默。她让我第二天下午再去，并补充说这不是惩罚而是乐趣。

"您喜欢什么？""你们喜欢的。"她这样回答。我花了好几个小时思考从哪本书开始。夜里，我起身好几次去书房里淘书，晚餐时分，我向朋友们请教，结果他们不仅帮不上忙，甚至还嘲笑我的新使命。

第二天，我再次敲响三楼左边的门，拿着弗吉尼亚·伍尔夫，卡森·麦卡勒斯，伊莲娜·贝赛特的书。但第一次见面仅限于入门讲座。我到达后，她离开了沙发，站在最近的门口打开了一扇门，甚至没跟我打招呼。“这就是我的一生。”她对我说。一个女制帽商的工作室出现在我眼前，杂乱的模样让人以为还有人在工作。一张长长的桌子上堆满了木头模具，有一些模具上面还有帽子的草稿图样。她不说帽子，而是说“女士小帽”。“我是做女士小帽的。”除了好几个熨斗，还有一堆堆的配饰堆在桌子上：羽毛、珍珠、布花、缎面的叶子，还有堆在角落里的碎布，以及一堆无用的帽子纸板。

她走到一个巨大的衣柜前，转动钥匙，向我展示她的财富，三十多顶女士小帽，造型各异，一个比一个夸张，彩色的小珠宝，千奇百怪的羽毛。“你想试一下吗？”“全部都想试。”她让我坐在一张矮凳上，正对衣柜的一面镜子。我们一起回顾了她这些无与伦比的手工艺术品：不合体的粉紫色巴拿马玫瑰和斑鸠羽毛，饰有鸵鸟毛的黑色丝绒无边女帽，镶有金银箔片的头巾（她说她曾经为波伏瓦缝制过最出名的头巾，偶尔为巴尔曼或者巴黎世家工作），一顶随意搭在头顶的贝雷帽，用麦秆做的遮阳女软帽，绿色慕斯波纹状的新月帽。最后，我们成了两个调皮的女孩，我们的大笑引起了年轻女孩的好奇心，她时不时过来敲敲门。“没事，亲爱的。”老妇人回答道。

“你想要哪一顶？”她的建议让我不好意思，但我明白无论如何我都不会拒绝她。我拿了巴拿马玫瑰帽。

我们在走廊里闲谈了好久，她坐在沙发上，我坐在椅子上。这张椅子之后也变成了我的宝座，等待我每次的来访。

她想知道我曾经做过什么，我的生活是怎样的。她喜欢我的名字，安娜。她让我给她讲述我在杂志上写的女性人物的故事，她问我是否有丈夫，我回答说我还没结婚，我不知道是否会结婚但是……

她打断了我，把手滑入沙发的靠垫和椅背之间，从里面拿出一张照片，上面是年轻的克雷蒙丝·巴罗夫人，她和一个男孩在塞纳河畔，她坐在堤岸上，双腿悬空。那一天天气不错，似乎是夏天，她穿着一条薄薄的裙子和凉鞋，男孩子穿着短袖衬衣。“读一下后面的文字。”她说道。于是我大声读出来：“保尔和克雷蒙丝，1943 年。”“你看，寂寞对我来说不是秘密，那个星期天之后的十天，他消失了，跟他的兄弟们一块消失在某个街角。十九岁，他当年才十九岁。”然后她把照片放回了原处。

之后，我们再也没提起保尔。他的存在感太强了，以至于没有必要提起他。我知道他就躺在沙发的靠垫和椅背之间。我想象过好多次克雷蒙丝的手伸向他。但好几个月之后，她居然忘记了藏照片的地方。然而我给她看的照片让她回忆起不少过去。她的脸色发白，沉默不语，直到某一天她说出“我爱过他”。我们第一次见面时她这样说过，我这样问过她：“你只爱过他?”

“我爱过他们所有人。”她回答说。“我也是。”我小声说道。我们交换了眼神，一个永远不会让人忘记的眼神，一个让我们彼此联系起来的眼神。

在车厢里，来往的游客们叫做塔尼亚、瓦西里、皮欧特、维拉、波利斯、瓦尼亚。他们神出鬼没，一句话都不说。他们只不过是逃离的影子，尤其是在深夜，当列车停在某地时，他们在生命的寂静和神秘里穿梭。他们伸展开身体，默默站直了，然后消失得无影无踪，那些无法分辨的城市，只留下半暗半明的阴影和晨曦的浓雾。连续不断的行驶让这场会面变得既神秘又重要。他们的面孔随着时间变得模糊，但我还保留着深刻印象，觉得接触过的男人和女人永远不会离开我。

他们都非常吃惊在这辆车上见到我，为什么我没有乘坐游客专列，而是这辆慢车呢？

我跟他们解释说，这样更便宜，而且我可以认识很多人，不然我穿越了整个西伯利亚，却没法说他们的语言，我之前花了很大功夫学的。

当我说出旅行的真实目的，去伊尔库茨克或者贝加尔湖边找一位朋友，回复我的是质疑的目光和茫然的微笑。他们中的大部分人走了上千公里去找工作，有时候是全家出门，大多数是一个人上路，留下亲人在后方。带着孩子们旅行的妇人拖着大包小包。她们跟在自家一样过起日子，从茶水间到他们的车厢，他们从站台、商店和兜售食物的农妇那儿买来东西准备午餐，有小面包、煮熟的土豆、煮熟的鸡块。厨房的味道充斥了整条拥挤的走道。孩子们在那里玩耍，男人们在那里凝视窗外的森林。

一对母子，高个青年四肢细长，他的一举一动似乎让他的母亲害怕，他在这个狭小的空间里走来走去，无视四周发生的一切。她低声说话，声线单一，眼神空洞。两个人本来是应该安置在角落的车厢里，但整整三天三夜，我看见他们总是一个人追在另一个人后面。一旦儿子逃离了母亲的视线，母亲便赶紧追回她的儿子，两个人继续散步。有时候，年轻的乘务员向他们建议在车厢里睡一会儿。时不时，他们会消失好长一段时间，但很快他们又恢复这样的秩序，儿子走在前面，母亲紧随身后，一副忧心忡忡的样子。他们天亮时分下车，一个身处沙漠中心的中转站，然后消失在薄雾中。

所有的火车都是准点到达莫斯科，所有的火车都是。我很快就放弃卡点。逝去的一个个小时对我来说不再具有时间的意义，我被判了缓刑，在逃亡的途中。我不会忘记我正在吉尔挖出的寂静隧道里前行。列车有规律的节奏将我整个人笼罩。一声喘息，一声叹气，我在交替的目光中找到某种亲密感，那种生机勃勃的、可以触摸到的、有温度的亲密感。

然而，突然有种强烈的欲望让我想一个人待着。我把自己卷进了被单里，执意想一个人待着，但车厢里有六个人，而且一直都差不多是六个人，就算每个人在某种程度上试着去尊敬其他五个人，但每个人的节奏还是不一样。

突然之间，食物的气味、听不懂的谈话让我觉得难以忍受。于是我从避难所走出来，将自己重新投入拉斯柯尔尼科夫的苦难中，我等待米歇尔·斯托科夫经过的城市托斯克，我想到了契诃夫（我想去看他在伊尔库茨克住过的房子），我想到了沃尔库塔的剧院，前苏联的集中营，在那里上映过契诃夫和其他人的戏剧，因为斯大林希望囚犯们过得开心！我想起了梅德韦德金的电影，工人们和农民们扮演他们自己，我想起了他的电影《幸福》，一个女人让她的丈夫走上寻找海市蜃楼之路，从此他被卷入一系列好笑却残忍的不幸之中。于是，我又想到了吉尔，他也是如此这般去寻找海市蜃楼。除了这些可以一一列举出来的，我脑子里还充斥着其他的想法，它们快把我淹没了，让我越发焦虑不安。

然后，某天早上，伊戈尔出现了。

我刚刚读到这里："有时候会遇上完全陌生的人，第一眼让我们感兴趣的人，突然，在说出第一句话之前……"但是伊戈尔不是陀思妥耶夫斯基笔下的人物，他让我想起了塔科夫斯基的人物斯托克。活脱脱就是他，身体结实却一副病恹恹的模样，这个脸色苍白的年轻人有着一副出众的脸孔。

他坐在我对面的卧铺上，瓦西里刚刚坐过的位置。还没来得及脱下旧的皮外套，他躺下睡了一整天。他睡得并不安稳，时不时发出几声叹气或者咕噜声。我一直在观察他，我想象某处冰冷的灯光，一间昏暗的房间，然后是许愿室，两个寂寞的男人陪着斯托克走在隧道里，他们说道："一切皆有意义，意义和原因。"

伊戈尔去乌兰奥多，他对皮奥特解释说。那里有一份机械师的工作在等他，他兄弟帮他找的。他在我之后下车，我喜欢有人陪我到最后，尽管第一眼的印象告诉我他不是健谈的类型。他醒过来，起身消失了。过了好几个小时，我去寻找他，好不容易在餐车里找到他，他的桌子上有一碗白菜浓汤和几罐啤酒。他在嘲笑厨师裹得紧紧的围裙。那里只有他们两个人，沾有油渍的桌布随着列车的摇摆晃荡着，装着假花的花瓶滚到了地板上，发出奇怪的声音。

两个人见到我时沉默了片刻，然后继续聊天。我要了一杯茶，坐在邻桌，希望能搭上话。“我们离济马远吗?”厨师耸了耸肩，瘪瘪嘴表示不确定，伊戈尔把盘子摆正了，开始大口喝汤，他完全忽视我。厨师看起来没那么敌意，我们眼神交错时他有些躲闪，在我看来缺少诚意。时不时，他躲在隔板后面，餐具乒乒乓乓的声音就像是音乐会，车厢里充斥着刺耳的抱怨声，花瓶在地板上滚来滚去。然后他重新出现，用桌布擦了擦手，从口袋里掏出两罐啤酒，放在伊戈尔的桌子上，再次坐在他的对面。

我喝着一杯苦涩的浓茶，透过窗帘的缝隙看风景。一成不变的事物，但我总感觉他们是不一样的，几乎是意料之外的。没有界标，漫无边际，我自己的边界也变得模糊。带来眩晕和焦虑的疏离感离我远去。我忘却了自己，确切地说我被旅行带来的寂寞弄得昏昏沉沉，忘记了习惯和标尺。

夏天不忍离去，黄昏时分天边一道强烈的光线让桦树树干反射出荧光，极其饱和的颜色。夜晚的降临突兀且沉重，充斥着怀旧和燥热，烙上了无法言语且令人恐慌的印记，在黑暗面前那一片黑暗的海洋。

他们俩无视黑夜的降临，继续开着不咸不淡的笑话，而我插不上嘴。他们的笑声覆盖了金属的噪音和在桌子下面滚来滚去的花瓶发出的砰砰声，似乎什么都影响不到他们。厨师时不时站起身去翻动一下平底锅，再拿出两罐啤酒。整个车厢弥漫着好玩的气氛，人们还以为迷路走到了世界尽头的赌场。

几个客人进来，坐在好几张桌子旁，奇怪的三人组合就此落幕。

厨师再次消失，平底锅再次奏起音乐会，一股卷心菜的味道弥漫了整节车厢。伊戈尔站起来，跟在他同伴身后，他们的声音掩盖过大厅的碎语和花瓶的晃荡声。然后他折回来，拿着一盘冒烟的菜，放在我面前，带着浅浅的微笑，做了个手势表示这盘菜很美味，我还没来得及谢谢他，他就转过身去。厨师一副快活的表情，给我做了个手势，我明白了这盘菜是他的礼物……

当我再次回到车厢内，伊戈尔在睡觉，至少他装作在睡觉。我翻开《无法到达的某地》，扬科列维奇从里尔克那里借来的词，这似乎就是在讲述我的旅程，我读到这一句话："我们需要一片私密的天空，一种仙境般的因果关系，来逃离白天世俗般的义务。"

伊戈尔不睡了，他坐起来，在窗边托着下巴看风景。

“再跟我谈谈那个厚颜无耻的小个子吧。”克雷蒙丝·巴罗在提及女贼玛丽昂·杜福埃和她的骑兵队时这样要求我。她跟我一样，对这个孩子表露出发自内心的温柔。这个女孩儿长大之后，并没有像加法尔小姐们那样变成年轻的伴游女子。这群加法尔的单身老女人是路易港口船主的后代，她们往这个贫困女孩身上灌输老一套。然而玛丽昂却成为男人的统领，化身为1740年饥饿的布列塔尼人的复仇女神。她更喜欢私底下跟爱尔兰的水手在港口调情。童年时，她跟在母亲身后在集市上买蕾丝和缎带。之后，玛丽昂招募了她的骑兵队，她的哥哥克伦丁和她的爱人亨利也加入进来。亨利被抓住后被人取笑为“不幸的领主”。这支队伍骑着马在乡下游荡，洗劫资本家、商人、神甫，把赃款分给穷人，并大肆庆祝每一次征战。玛丽昂有着惊艳的美貌，她忠于乡亲、爱人和她的梦想，被人投过好几次毒，最后三十八岁时死在绞首架上。

克雷蒙丝在三十八岁时凭借自己的财力搬进这间公寓。之前她做了好几年的情妇，她称呼对方加比，分手之后又经历了几段感情，算是给保尔不在的这段时间画上了句号。现在，她只是蜷缩在走道的角落里，占据着这张红沙发，坐在沙发上的她更像是博物馆的保安，她的记忆一片混乱。我的来访，我的朗读还有我跟她讲述的这些女子让她激动不已。她穿行在这些人的生活之中，仿佛梦境一般，她把自己的生活跟她们的生活混淆在一起。

我们下楼去咖啡馆喝一杯，为了健康，为了我们的爱情。关于爱情，我们谈论了很多，无比自在，我给她读了1946年某个马克·科斯蒂文在《不忠实的镜子》里提出的问题："你喜欢下面哪些？做爱，雨后的大地，做爱，水沟里的猫，做爱，花，做爱，几个孩子，做爱，互相评价的人，做爱，河流，做爱，港口，做爱，干净和友好，做爱。"

克雷蒙丝笑出声来，仿佛一串水晶般的歌声，带着孩子气和欢乐。"爱情！"她闭着眼睛重复说道，然后念念碎如果她跟保尔还在一起的话，他们会生很多孩子。我还念了马克提出的另一个问题的答案："你担心什么？很多责任，必须生活在一个崇尚机械的国家，疲劳，人群，蠢货，无聊，太多工作，看到狗被碾死，从马上摔下来，吐在男人身上。"

她脸上掠过一阵阴影，我握住了她的手，她的小手。这个举动让她平静下来。我本来想拥她入怀，年迈身躯的困境不是一只手能够抚平的，也不是任何身体可以抱紧的，肉体的巨大空寂一部分来自死亡，这点让我感到恐慌。小时候，祖母们的皮肤让我着迷，我轻轻地抚摸她们，我担心我的手指会弄伤她们的皮肤，我的笨拙会造成致命的伤害。克雷蒙丝·巴罗的皮肤既单薄又苍白，让我想起了过去那些无限的温柔时刻，我曾经沉迷于这些女人饱经风霜的手上由皱纹和蓝色血管构建的地貌，如灌木丛般密集的跳动着的溪流。我无法想象她们曾经的少女时代，我把这些前尘往事归入她们的想象，她们总是夸大其词让我昏昏入睡。她们的童年属于这类寓言，我们曾经相信的寓言，在我们的记忆里被噤声。

读到马克·科斯蒂文的那一天，我们下楼来到咖啡厅。那是个美好的下午，克雷蒙丝穿着一条淡紫色的长裙，戴着一条跟她头发颜色一样的白色珍珠项链。我发现她嘴角露出一丝微笑，跟她看到保尔照片时一样的微笑。我们沉默地喝着小酒，她也许想起了他。这样一份安宁且私密的平静。这个女人悄无声息地走进我的生活，她也许给了我一个机会让我能够习惯以后会让我害怕的老年生活。

伊戈尔站在走道里，凝视着黑夜。在我到达伊尔库茨克的前三个晚上，他都是这样度过的。白天他睡在餐车里。我回到巴黎后，坐在塞纳河畔，秋日惨白的阳光照射在水面上，水波的微光折射出往日的画面。我还以为我在水波上看到了伊戈尔的身影，就像是列车上这幅情景。无法触及且沉默的伊戈尔。

在车厢里，我观察他一动不动的后背，他的后颈，他剃光的后脑勺，他的肩膀，一丝轻微的颤抖，不易察觉的震动。我不知道为什么我这么想跟他说话，跟他讲述我在莫斯科的短暂停留。他去过莫斯科吗？他穿越了红场吗？他参观了普京博物馆和革命博物馆吗？他走过阿尔巴大街吗？如何分享这些事情？我只是途经这个国家，而他全身上下都是故事？他不是来游玩的，而我知道的少数单词无法跨越我们之间的距离。我曾经作为游客在莫斯科待了两天，那里我一个人都不认识，我所知道的事实来自文学、电影和历史。我感觉像是在证实我所构建的想象世界，某人可以证明我在这个城市出现过。

沉默且一动不动的伊戈尔把我排斥在外，让我在这些地方的闲逛显得很滑稽，我走过圣巴塞尔教堂、历史博物馆、列宁墓、古姆商店，克里姆林宫的周边无时无刻不吸引着我，我早早起来试着一个人待在那里，晚上再回到那里，最后回到阿尔巴大街附近的酒店，那里的大街上有驯狗者，把猫咪放在蕾丝边篮子里叫卖的商人，卖艺者，音乐家，时尚的女孩子，坐在奔驰黑漆漆的车窗后面的黑手党。在这个地方，很多年前马雅可夫斯基在这里自杀。这已经是另一个世纪的事儿。

在广场上，一抬头就是我青少年时见过的黑白周刊，上面有灰色的外套、苏联共产党的毡帽和队列士兵的敬礼，这个彩色布景仿佛是梦中的场景。天主大教堂如此疯狂的建筑跟他的创始人伊凡大帝的自大症相比不算什么。

一名男子的生计是模仿列宁，但看起来更像是一首平庸的民歌。这时我还没有发现在白令海峡和伊尔库茨克之间光秃秃的丘陵上，有一副巨大的白色画像举起一只手向他的人民致敬！乘客们看见我在拍照发自内心大笑，然而没人愿意说明为什么，仿佛他们对过去不信任。晚上在伊尔库茨克，唯一有灯光的大街是列宁大街和马克思大街，周围的小巷子都是黑漆漆一片。我在入睡之前，经过安加拉河，在一片空地上，情侣们互相亲吻，我想到了伊戈尔，他独自一人坐夜车，不想与人分享。我在伊尔库茨克陷入沉思中，感觉幽灵一直在陪着我，俄国十二月党人，他们勇敢的妻子们在穿越西伯利亚去寻找丈夫的途中逝去，柴可夫斯基笔下的人物便是如此。

伊戈尔没有离开他的座位，我不禁寻思他在漫无边际的黑暗里能看见什么，失眠的小镇发出的微光，未知车站发光的痕迹。也许像我一样，任凭思绪蔓延，把生命的点点滴滴梳理一下，我偶尔也会把这些时刻放入引号中，稍事休息。今天再想到这些时，我感觉他有点像我的暗恋者，他引导我，迫使我深陷在自己的沉静之中。

下车前最后一晚，我跟随拉斯柯尔尼科夫的足迹直到他最后的坦白，读到斯维德里加依洛夫的自杀，他害羞地称之为出发去美洲。“他什么也不想，他也不愿意去想，但是梦想一个接一个冒出头来，思想的碎片传播开来，没有开头也没有结局，没有连续。”我希望吉尔没有把这次旅程看成是最终的旅行，他的安静也许意味着什么。突然袭来的恐慌吓到了我。我站起身，来到窗边托着脑袋，靠近伊戈尔。我们俩肩并肩，眼睛注视着黑漆漆的列车，在我看来，就算我们不是惺惺相惜，起码表面上看起来很和谐。然而一切变得不一样，我变得不同，我又开始自我折磨。这片风景，伊戈尔的沉默，吉尔的神秘，克雷蒙丝坐在沙发上的情景都涌上心头，在我心里开了个大洞。我很想蜷缩在这片空虚中。

我想感谢他那碗汤，但他基本上没有回复我，然后用几乎听不到的声音说了句俄语“必须的”。“必须”和“也许”经常出现在他们的对话中。伊戈尔送给我一碗汤，就意味着他接受我的出现。我不敢要求更多互动，毫无疑问他也不想。于是，我放任他一个人在深夜里沉思。

对我来说，这是在列车上的最后一夜。一条白色的长线，旅行中的旅行。我在跳蚤市场和通往许愿室的迷宫之间徘徊，我的暗恋者的声音响起："重要的是，他们最后相信他们自己。"伊戈尔的身影在走廊里晃过，消失在窗帘那头的空间。时不时，他点燃一根烟，烟雾在他身边缭绕，蓝色的薄烟。他还会从车厢一头走到另一头，目光注视着地毯，然后回到他的哨兵位。也许是他警觉的模样让我的思绪飘向别处，也许是空闲的时间、列车的晃荡，让我一步步到达目的地。然而，没有他的话，我可能会错过一些事，我的某一部分、我生活的某一方面，让我登上这列火车，为了更好地找回自我。直到如今，我还是把他看成一名真正的导游，一位神秘的天使。你难道没有在路上偶遇过某个人，因为某些机缘巧合，你的生活从此发生了转变。

因此，在半边光影和晃晃悠悠之中，画面重叠起来，以往旅途的画面来到车厢拜访我。那不勒斯的悲伤与巴洛克风格再次在我惊讶的双眼前结合为一体，欧内斯特·皮翁-欧内斯特在墙上和行人脚下的涂鸦，一尊倒下的基督受难像。卡波迪蒙特的斜坡，最后投入大海的怀抱，逃往博洛尼卡小岛……伊戈尔离开过他的祖国吗？

然后是特立尼达和多巴哥共和国，青石板街，博物馆前荒凉的小广场，有着巨大庭院的宅子，古巴的乡下，哈瓦那的马雷贡海滨大道，长条的大理石就像一动不动的河流一样在不知道年纪的大树下发着光，革命广场上的何塞·马尔蒂，内政部外墙上英俊的切·格瓦拉画像，鸡尾酒莫吉托，卡斯特罗令人不安的发言，玛拉祖酒店，道奇车和别克车，鳄鱼岛，独一无二的政党和政治犯，沙滩上的苏维埃党人，那群苍白的身体总是聚在一起，长时间躺着晒太阳，晒完正面晒背面，这是古巴最大的娱乐方式。伊戈尔有赤脚在沙滩上走过吗？

他会喜欢威尼斯位于圣玛库拉河上的小房间吗？沐浴在阳光下，床单像是被风吹皱的风帆，床单下两个人如胶似漆。晚上，潮湿的砖头散发出凄凉的氛围，他会有不知身处在哪个世纪的感觉吗？他会喜欢这些永生的美丽，这座城市的灵魂，逐渐沉沦在这座城市的怀抱中，就像我们过去的生活那样？旅行这个有魔力的词汇对他来说意味着什么呢？

他注视着深夜，这个阴暗的漩涡笼罩了整个车厢，在漩涡之中一闪一闪的灯光，突然照亮了整个夜空，将一场几乎月光般的旅行用奇怪的光线照亮。沉默也许是这个男人和我唯一可以共享的东西。我试着说服自己，他在这场旅途中实在太重要了，无论如何，我只能承认我们对彼此而言只是陌生人。

突然，列车在一片桦树林前停了许久，我们只看得见刷得白白的树干。在外面，各种声音交织。伊戈尔离开他的座位，走向车厢出口。我站起来跟在他身后，但是他已经下车了，保安站在门口不让旅客下车。我这才明白好几棵树倒在铁轨上。保安催促我们回到卧铺车厢，毫无疑问起码还得一个小时才能重新出发。伊戈尔没有回来，我设想他去帮忙清理轨道。我在身心放松的状态下昏昏欲睡，但又想等他回来。

然而天亮之后，伊戈尔还没回来。他是在餐车里跟他的伙伴一起喝第一杯啤酒吗？我希望能在到达伊尔库茨克市之前见他一面，我无法想象不跟他说再见就离开。跟他一样，我靠在走廊的窗边。在树干和森林周围升起了一道道白烟，像是梦境一般。一道微光描绘出地平线，省略号般的灯光在列车后面奔跑，勾勒出已经消失得无影无踪的边界。

我还记得跟克雷蒙丝·巴罗在一起的某个上午，在路易-菲利普桥上。她派来她的夜班护工，叫我尽早到达。外面还是黑漆漆的。我下了楼，略有不安，担心看到躺在床上奄奄一息的她，结果她已经坐在走道尽头，容光焕发，裹在一条红色的睡袍里，跟她沙发一样的红色。放在小圆桌上的两杯咖啡在冒着烟。

“今天几号？”她问道。我犹豫了一下，面对这个问题不知所措，她在这个时间点把我叫起来问我这个问题，她接着说：“今天是 3 月 7 号，对我来说，这是周年纪念日，1953 年 3 月 7 日，我第一次看到巴黎的黎明，你知道 5 号到 6 号的深夜里发生了什么吗？”我完全不知道，我困死了，但她不让我睡觉。

“斯大林死了！”

我坐下来，喝了一口咖啡，担心被卷入一场非常困难的谈话，要我解释跟我无关的斯大林的死亡，这件事应该其他人来做更好。事实上，我完全没搞清楚状况，克雷蒙丝好好地嘲笑了斯大林。她开始讲述黑色帽子的故事。“在那个年代，我在敦城堡大街的工作室工作，我还没有自己的工作室。自从斯大林去世的官方消息出来后，订单蜂拥而至，女生们都要求订购黑色帽子！黑色帽子！甚至还没有来得及定下做弥撒的时间！但是附近的党支部也蒙上了黑色布帘！在工作室，我们喝着咖啡赶了一夜的活儿。女老板并没有干活，但是义工们并不争执，她们搓着手取暖。将近五点钟，我们出去走了一小会儿，放松一下胳膊和精神。我们在空无人烟的大街上走了将近一个钟头，看到不少有勇气的人把鼻子露在外面。在工作室，还有收尾工作等着我们。我们走得很快，像逃犯一样。然后，我们来到了塞纳河畔，那时候天刚刚亮，那一刻我感到非常幸福，我想到了保尔，仿佛他也在那里跟我一起惊叹于这美妙的时刻，我甚至可以听见他的声音，我的眼眶湿润了。到今天正好五十年整。斯大林的去世跟我没关系，这些梦想都消失了，他们没有像保尔一样幸存下来。”

“你想一起去塞纳河看日出吗？”我问她。

她露出了孩童般的笑容，我回到家里，穿戴整齐后去叫的士。司机肯定觉得我们俩是疯子，她穿着睡袍，而我在睡衣外面套了一件大衣。在路易-菲利普桥上，鸟儿发出第一声啼叫，苏醒过来的城市泛着微光。克雷蒙丝指给我波本河堤所在地，1943 年她跟保尔在那里拍的照。

在河堤上，我知道有块纪念板引用了卡蜜儿·克洛岱尔写给罗丹的信中的一句话："总有某件缺失的事情让我备受折磨。"也许克雷蒙丝知道这句话。我什么都没说，的士司机耐心地等待我们，我们坐上了回程。

在回家的路上，我询问保尔是不是党员。

"他曾经是。"

"那你也是党员吗？"我又问道。

"我，我跟保尔在一起。"

恶作剧般的微笑。她记得那场丑闻，署名毕加索的一群人画的肖像画，其实画本身并不夸张，但在那个年代，人们不跟偶像，也就是党员们开玩笑。必须是更加写实的画，更加符合伟人形象的画！她继续说："我认识的一位领导夫人走进工作室取订购的帽子，那是我花了好几个小时制作的黑色遮阳女软帽，我大声说道：'他死得好！'其他人都笑出声来，除了苏荣。她一直是激进分子，她站起来，把门狠狠关上走了出去。我怪罪斯大林把保尔抢走。如果不是所谓的党派和其他谎言，他也不会冒着生命危险。我那时候还不知道这个暴君所做的坏事。我只记得保尔和他的朋友十年前某天早上倒下的那条街。他送我回家时，我们经常一起走那条街。从那以后我再没走过那条街，我总是绕道而行。我再也无法说出那条街的名字，直到今天这一切都叫人难以承受。"

我不知道她把那条街从她的地图里划去，但我能理解她。我完全可以放弃一个国家，如果我刚刚拜访过的男人在那里消失了的话。

我想起了我在布拉格的一次旅行，在佩特林山丘上矗立着斯大林的纪念像，他有着巨大的红色嘴唇，舌头伸出来，远远还可以看见城里的石头。我曾经向那尊雕像坦白说我很喜欢他那张嘴，他嘲笑过去的蛮横无理，还有我们这些愤慨的激进分子。.

毫无疑问，伊戈尔在斯大林去世之后才出生，我不禁想知道如果我说出这个名字，他是否会回复我。我多么想告诉他是他的国家滋养了我们的精神，他的国家给我们灌输了残酷的幻象，这场旅行把我带回那些闪光的年代，那时候生活的意义总结为一个词：革命。正当我想告诉他这些私密的事情时，我回忆起在两三年前在圣彼得堡的日子，由尼古拉二世的舞女情妇修建的伟大城市，列宁在阳台上劝说人民推翻全世界。这个城市在 1917 年被布尔什维克夺回来，就像是我曾经住过的前斯莫尔尼修道院一样。每天晚上，我漫步在安静的花园里，遇上住在那里的学生们。我等待六月短暂且缓缓降临的夜晚，勒瓦的大桥最终像巨大的额骨一样张开，让船只的随从们可以通过。如果没有伊戈尔，这些告白无从诉说。他是我沉默的男人、我的向导，他毫不知情地陪在我身边，他是这场旅行让我不安的化身。

在缓慢、拖沓的几个小时内，在我眼前毫无止境的旅行让我发现了自己冥想的天赋。面对现代化的节奏和制度化的心态，眼前这一切无疑是最好的解毒剂。我肯定会变得更加淡定，带有一丝怀疑，但少一丝笃定。

伊戈尔还是无处可寻，餐车是空的，还回荡着花瓶晃荡的声音。天终于亮了，列车停在某个车站。好几个女人穿着男式裤子和靴子，头上裹着方巾，穿过铁轨。我们看不到她们的脸，她们弓着腰，推着金属小推车，或者举着石头。她们吃力的姿势让我想到了古巴的囚犯，在一个公园里，散落在树叶上的碎纸片。如此缓慢不安的节奏向我讲述另一个我不认识也无法触及的世界，尽管走上几千公里试图去靠近她们。其中一位妇人站起身来，重新整理她的头巾。她很年轻，相当漂亮，我想象她的生活，她的爱情，也许还有孩子，尽管我在她的眼神里看到一份安静的绝望。

之后列车继续上路。我离伊尔库茨克市只有几个小时。被遗弃的工厂在眼前一一掠过，甚至还有被丢弃的设施，真是很夸张的浪费，想到在铁轨上弯着腰的妇女们，就不由心生愤恨。森林变成理想中的天堂，然而人类并不值得这一切，只有树木才是其化身。这一片伟大且荒芜的风景，被印上了无边的忧愁，向我诉说我已经知道的一切，还带着一份意料之外的残忍和力度。这片景色在我回来之后的几个月内还纠缠着我，在我的生活中安顿下来，就像其他的旅行一样，构建起一个独特、不完美、多愁善感、想象中的世界，我的世界。

在下车之前，我最后一次回到餐车。厨师不认识前一晚的同事，也不知道伊戈尔。我想象出两个身影在列车停下来时一前一后潜入森林里，躺在铁轨上的只有树木吗？这两个盗贼在餐车里喝啤酒时讨论什么呢？他们去了哪个禁区寻找另一种生活方式？

她从没旅行过，从没离开过巴黎。她跟她的城市之间有着根深蒂固的牵绊。这几年来，一年四季，克雷蒙丝·巴罗每天在工作室下班后走上好几个小时。有时候，一个约会决定了下班的路线，但她最常做的就是随心所欲。她给我看过好几个本子，上面记载了她每天的日程，她对于变化的想法，她在橱窗偷偷拿的草图，这些激发了她的灵感。在某些小区，人们称她为行走的夫人。她最爱的小酒馆，在开胃酒时段，人们不需询问就自动端上一杯白葡萄酒（“我的小罪恶”，她自己的话）。这个城市经历的动乱似乎没有影响到她，另外，她自从不走路之后就看不到什么动乱，她对其他人的谈话也不感兴趣。真正的巴黎存在于她的眼中，她年轻时认识的巴黎，什么都无法摧毁这点。

我出发前几天，去过她家，我读到这段话：“长街无影且滑动。一起在雾堆上狂喜。一起在被狂叫穿破的薄雾里颤抖。一起来吧。和其他人一起。众多信众所把持。透明的世界。被透明世界的多样性分开……”我缓缓地读着伊莲娜·伯塞特这段激昂的文字，为我的旅行做准备。我想到了吉尔，想到一句西藏的谚语：旅行是回归核心之路。然后我被不安所吞噬，它将我推向远方，孑然一身。

“你在想什么？”克雷蒙丝·巴罗问道。

“想某个人。”我回答说。

“你运气真好，能想到某人。”她念念碎。

“保尔呢？你不想他了吗？”

“哪个保尔？”她说。

我在伊尔库茨克市街上闲逛时突然想起这一刻，我感受到了她说出这番话时同样的悲凉，同样的遗弃感。忘了保尔这件事让我为她感到绝望。我原本以为她会把手伸进沙发靠垫和椅背之间找照片。一想到这点，我就哭出来了，眼泪给这座美丽且脆弱的木屋之城蒙上了一层薄雾，房子开始下沉，有时候甚至让人有眩晕感。冬日的霜冻，夏日的酷暑，且没有地基，之后有人跟我解释说地面的确是在下沉。这些房子看起来像是陆地上大海的分流。我在光滑的地面上滑过。也许我离吉尔更近了，我甚至会跟他擦肩而过。一丝不可察觉的恐惧笼罩了我。我似乎无法用言语来为我的到来正名。我为了他而来，就是这样。怎样说清楚这些事情，这个突发事件？他的沉默是我下决定的原因，但现在看来只是借口。没人强迫他定时通信，我们的生活不是在很久以前就渐行渐远了吗？我迷路了，我在原地打转，我本可以冲到火车站坐上回程的火车，直到我听到了一个老妇人用嘶哑的声音在唱《苏丽柯》。吉尔在他的一封信中提过她，他明确说道她住在他最初安置下来的房子附近。晚上她重新开始长达几个小时的祷告，声音穿越几条街，让她闭嘴是白浪费功夫。她在阿富汗失去了两个儿子。这桩悲剧让她变得疯狂，《苏丽柯》是她唯一的慰藉。时不时，她的声音会游走，旋律会石化，然后又变得美丽动听。我跟着她发出颤音，我想起夏特莱歌剧院舞台上的安娜·普鲁克瑙，她美丽的脸孔，她的牛仔裤和皮夹克。我们鼓掌了很多次，她的演唱目录也是我们的人生目录。她孱弱且紧缩的身体靠在钢琴上，她的声音让我们的肚子缩紧，她唱出了我们的希望和愤怒，我们喜欢的文字，我们站起来向她致敬。老妇人的嗓子让我打战，我情不自禁想起了安娜。那是遥远的时光。

我很快认出了那所房子。吉尔给我寄过照片，他坐在窗边，露出征服者的微笑。维利亚给我开了门，邀请我进去，我甚至还没来得及自我介绍。室内色调偏暗，窗帘阻挡了热浪的侵袭。两个孩子在角落里玩耍，电视开着，一部法语电影只听得到一个男人的声音，他翻译所有人的对话，不管角色是男是女。效果当然比较好笑。我一提到吉尔这个名字，孩子们便冲过来抱着我，维利亚把手举到空中，她告诉我他住在贝加尔湖畔的一个小村子里，村名的意思是花园。要坐小车，走上六十公里，或者坐火车。第二天早上，我坐上了火车。

湖是一只安静的眼睛……我到达村子后，四处找他。他最后住过的几个地方，出奇的明亮。曾经威胁过他的纤维素工厂已经停工。几艘小木船打破了湖面的平静，其他的沿着陡峭的河岸一字排开，鸟儿也在上面稍作停留。松树林环抱着整个湖泊，几阵清波掠过湖面。但我知道那里发生过几次风暴，高达几米的大浪，湖面可以结冻好几个月。神秘的湖泊，像神明一样被人祭拜。

两个小孩在玩风筝，互相大喊大叫，看到我之后突然停下来。我不是村子里的人，我看起来也不像是本国人。我的背包和我的太阳镜毫无疑问出卖了我是外国人的事实。其中一个孩子观察了我很长时间，然后靠近我问道："你喜欢贝加尔湖吗？"我找不到适合的词来表达我的真实情感，我说道："很大。"他笑了，他的同伴靠近我。我问他们是否认识吉尔，他们给我展示那个风筝，我肯定这是他的杰作之一，他们指手画脚向我解释说他不在那里，但他住在附近。

两个孩子一直陪我走到那栋房子，一间破破烂烂褪了色的枞木屋，但还保留着绿色的痕迹。我问吉尔在哪里？他们回答说他坐小船去湖心小岛了，跟他夫人一起。他的夫人？我吓了一跳。伊琳娜，他们一起回答道。房子门没关，他们带我去参观。小小的空间里放了一张床，一个平底锅，架子上放着碗、书、工具、报纸、食物。两个孩子回去玩游戏了。我呆了好几分钟，动弹不得。然后我开始安顿下来，找来开水泡茶，撕开了一袋饼干。

大部分书跟戏剧和法国诗歌相关。比如克劳德·罗伊的《在时间的边界》。我寻找两句我熟悉的诗歌：“我不在我身，在未知的云上，一个不太确定自己是某人的路人。”我想起来我在何时何地读过这句诗，我想还是在旅途中，模糊的记忆，让你感到意外的共鸣，它们被赋予解毒剂的意义，原本以为脱缰的记忆突然毫发无损地再现。这些诗句让我震撼，在这间吉尔居住的房子里捕获了我的心，它们是我莫大的安慰。这种情况不是第一次发生，在某处读过的单词和句子陪伴着我。我感受到真实的幸福。我坐在那里，我曾经高声朗读过《狗与狼》，克雷蒙丝坐在红沙发上，我肯定她没忘记保尔。

然后我继续研究那个房子。好几个风筝靠着墙放好，一张手写的海报上面写着上个月举行的演出，万比洛夫的《大儿子》。几句内容简介提到作者某一天出发去贝加尔湖钓鱼，但他再也没有回来。年仅三十五岁。

我喝完了茶，在村子里游荡。花园里长满了覆盆子、蔬菜和各式各样的花儿。我向好几个人自我介绍，当我说出吉尔这个名字时，他们都开怀大笑。他们对我说他去旅行了，去两个星期，但是我可以住在他家，他把房门开着就是给有需要的人。他们还送给我一些蔬菜。夜幕降临的时候，我回到湖边。湖面上倒映出紫色的天空。一群孩子跑着过来，后面跟着一位妇女，她手里提着装满衣服的大水桶，虽然她一副严肃的模样，但孩子们还是嘻嘻哈哈、玩玩打打地刷着牙。各种迹象显示这个女人是他们的妈妈，她看起来很年轻。我认出了之前招待我的两个孩子，他们还没有注意到我。我靠近那群人，两个孩子迅速朝我奔来，跟其他人介绍我。那位母亲发现了我，她放下手中的衣服，在围裙上擦干了手，然后过来跟我打招呼，然后一个威严的手势，让所有的孩子们消失在房子后面。我感到遗憾，但他们一会儿就回来了，小小的彩色军团，每个人抱着一个风筝，就像是盾牌。他们分散在河堤上，开始往空中放风筝。天空几乎变成红色，一个巨型的风筝在我们头顶飘过。

这位母亲坐在我身边。我们不说话，我们看着天空中的风筝，有几个不幸坠入湖中。

之后，她向我解释说吉尔给村子里每个孩子做了一个风筝，所有人都喜欢他，没人愿意他离开，他的夫人伊琳娜是小学教师，她马上要生孩子了。十一月某个灰蒙蒙的早上，吉尔陪我去医院。我们当时决定不要孩子，还为时过早，有太多反对因素……好几年过去，为时已晚，我们不在一起，我也不想跟其他人一起生小孩。奇怪的是这段回忆并不痛苦，这些发出快乐呼喊的孩子们给我上演了一场戏剧，多亏了他，他们就是我们的孩子，至少是我们乌托邦国的孩子。但是他们会变成什么样呢？然后我想到了伊戈尔。

这位母亲邀请我去喝茶。孩子们跟在我们后面。我讲述了火车、白天、黑夜、森林，然后提到我来自法国。我在他们的眼睛里发现这个词没有激起任何回应。对他们来说，我肯定来自某地，这也许就是为什么伊戈尔没有问我的原因。说到底，这点也不重要，重要的是旅途中的相遇，短暂的瞬间和幸运的巧合。文字再没有相同的价值，文字的缺失让我们走上一条令人惊喜的岔路。

之后，我回到吉尔的房子里拿被子。我更想睡在湖边。我没法睡在他们的床上。一夜无眠，这样的夜晚让你反思你最大的秘密，那些让你活跃和困扰的念头。我要走过这段路才能明白我执著于找回逝去的能量，一段完结的时光，什么都无法将其挽回，连吉尔也做不到。然而他已经决定要孩子。我感受不到悲伤，我只是在衡量我们之间的时间和空间，我长期以来试图逃离的时空。

天亮了，我又想到了克雷蒙丝，想到了路易-菲利普桥，想到了她所依恋的生活其实无比脆弱。在房子里，我到处找伊琳娜的照片，但是没有一张。我想随便写几个字证明我来过，不说明真实原因，但我做不到。在巴黎，这一切似乎更简单。天色还早，我决定出发去火车站。

在前往伊尔库茨克市的列车车窗后，我拍着照，展现在眼前的是一片丘陵，上面有一张列宁的巨幅画像，他举起一只手向人们致敬。他的出现让我震惊，我马上拿起我的相机。周围的游客看我连拍几下笑了起来。我装作不在意，我想起他的另一幅画，在他生命最后那段时间，他经历了好几次中风之后只能坐在轮椅上，扭曲的面孔，仿佛见到了噩梦，在梦中俄罗斯人民在他退休之际折磨他，他最爱的姐姐和一支医生团队一起照顾他。这是一幅悲惨的画面，他让人想到的不光是疾病本身。其中传达的悲伤跟我前几天经过的荒凉之地一样，不用言语，而用身体所表现出来的巨大的悲凉。他提出的最知名的问题“做什么？”让全世界的人不知道如何回答。在夏加尔看来，他让俄罗斯人民臣服于他。斯大林的偏执结果更糟糕。

我不知道该如何诠释车厢邻居的笑声，但我最终也加入了他们。我询问为什么不在丘陵上种树，但没人回答我。我可以想象松树在这张巨大的画像上生长，一步步将其吞噬，抹去悲伤且滑稽的手势，这个来自幽灵的问候。但这是我个人的展望，而他们的展望让我更感兴趣。他们停止了笑容，每个人都回归沉静之中，跟我之前在伊戈尔身上感受的一样，我尊重这点。我放好相机，在到达伊尔库茨克市之前不再开口说话。这场旅行有时候看起来不太真实，仿佛我在自己家里醒来，下楼去克雷蒙丝家朗读小说，或者向她讲述亚历山大卓·科伦泰的故事，我很肯定她喜欢这个故事，然后根据传统，我们去“好角落”的吧台好好庆祝一下。

从火车站出来，我迟疑了一会儿。我得再等三天才能坐上飞机。但我不想去麻烦维利亚，而且她还以为我在村子里。我也不想回想起吉尔的生活，维利亚也许认识伊琳娜，这一切太复杂。我开始寻找酒店，在长途跋涉中我偶然走到了一个市场：中国商人在卖各种仿货，二十多个鞋匠穿着西装坐在地上，给街上游荡的客人服务，不管他是光脚还是穿鞋的。我给在店铺之间穿梭来往的人群拍照，一群吵闹且激动的人。回到巴黎，在照片冲洗出来之后，我在人群中认出了伊戈尔的背部，我认识他的背部。然而，我逛了好几次这个集市，却一次都没遇见过他！这个迟到的发现让我很开心，这种奇怪的方式延长了我们的相遇和旅行。

小酒店靠近安加拉河。这三天让我重新回归正常生活。一份杂志下个星期需要一份画像，他们希望我能接下这活儿。我提议过亚历山大卓·科伦泰，但还没有决定接下来怎么办。

我试着给克雷蒙丝·巴罗打过好几次电话，告诉她我快回去了。但没人接电话。我明白她对电话的反感，她称之为“这个东西”。因此，只有按门铃才能给她带来惊喜，就像某个周日的下午，我意外地到来。

“你今天带来了什么？在这个时间点，也不事先通知一下？”她询问道，带着戏谑的微笑。

“奥兰普，”我回答说，“奥兰普·德古热。”

“又一个结局不好的机灵鬼。”她调侃着说道。

她1793年死在断头台上，但对我来说她代表了激进的灵魂。在七十年代，她陪伴我们去游行，她就在我们心里。她是侯爵女儿。奥兰普是独裁主义者，更是名勇敢的女性，一个反抗者，她不害怕任何事或任何人。她很讨厌马拉，她向罗伯斯庇尔挑衅，写歌剧，控诉暴力，“就算是罪人身上的血，带着挥霍和残忍流出来的血，也会永远玷污革命。”她质疑婚姻制度，写了第一份女性声明《女性和女市民权利宣言》，她反对死刑，反对黑奴制度，因此遭到了怨恨和复仇。被她的海报工背叛，她于1793年在圣米歇尔桥上被捕，同年十一月被绞死……

克雷蒙丝很喜欢奥兰普，“你看，安娜”，她对我说：“你给我讲述的这些女性都是放荡的女人，我们在一起是多么美好的组合，不是吗？”

我们经常去的咖啡厅周日关门，于是我邀请克雷蒙丝来我家，为奥兰普喝上一杯，然后共进晚餐。她很高兴，这是她第一次愿意为了这种场合换衣服。她穿着灰色的塔夫绸裙子，戴着珍珠项链，粉饼让我想到了我的一位祖母，她十分节省地用，收集了粉盒和粉扑。一个小手袋挂在胳膊上，她打开手袋，拿出那张在波本河堤的周日相片，说道：“我擅自带来了保尔，他会很高兴认识你的。”

我还记得这个晚上，就像是深夜里一条明亮的通道。在吃过我临时准备的晚餐后，她参观了我的书房，我带去她家的书都在那里。眼镜挂在鼻子上，她读了几个书名，翻了几本书，问我是否有米莲娜的画像。我有好几张，一张是1811年的，她当年十三岁，一个人在莫尔道河边散步，穿着一条有褶纹的裙子，戴着手套和帽子。另一张画像里，她是网球选手，手里拿着球拍。但让克雷蒙丝感兴趣的那张画像上，米莲娜有着闪耀的美貌、清澈温柔的眼神、喜悦的面容。这就是她想象中米莲娜的模样，闪闪发光，魅力无法抵抗。

晚上，她跟我提到加比，马恩河边舞会的手风琴演奏者，一个温柔且幽默的男子，从没对她说过“我爱你”，因为这是没用的。他们的爱情还没开始就凋零了，没有眼泪和怨恨，之后艾米力代替了他，一个巴士底狱区的木器工人，但他对她隐瞒了他的家庭。之后是让让，在朋友家认识的，卢森堡公园的象棋选手，抽古巴雪茄，兼职是电工。

“你呢?”她问道。

“改天再说，”我回答道，“不然我们会混淆的。”她笑了。这个小个子女人让我很开心，她不服老，反抗一切灾难性的存在。在酒店里想到她，让我重新兴奋起来，我很想再见到她，快点见到她，向她讲述我这一次奇怪的旅行，毫无疑问这是我所有旅行中最奇怪的一次，因为它带我回归到自己的生活，回归生命的真相。

我还记得伊尔库茨克市酒店的房间，明亮且宽敞。我还记得打开窗，抬头便是安东尼奥尼的话：“我寻找人们身上情感的痕迹。”我曾经对一个离开我的男人这样说过，他虽然没承认，但他有偷情过几次。我们最后一次一起旅行。在一个城市迷路了好几个小时后，我们走进了一个房间，我对他说了这些话，他哭了。疲累让我们的身体变得沉重，我们以缓慢的方式做爱，他继续在我怀里哭泣，我本来想时光就此停止，这场戏剧性的事件让我们以温柔的方式分手。我琢磨这份爱情的奇怪之处，他对我的坦白。我们相处过的美好时光在记忆中重现。他重新走进我那个小区的图书馆，我不再对书感兴趣，而是跟随这个陌生人的足迹，关注他的一举一动，他翻书的方式，他瘪嘴默默读书的模样。他对我的在场毫不在意（图书馆只有我们两个人），直到他走近我，问我在寻找什么。我回答说没找什么特别的东西，我在等待奇迹的发生，一个意外的惊喜，但他没听我的回复，他直接向我提议沿着隧道散步。我跟在他身后，问他这次来找什么书。“没找任何书，”他回答我。他每天学习一句话，一段话，随后记在小本子上。日积月累成了一本书，一份惊人的草稿。每次阅读带来不一样的东西，在他看来，这是发掘真相的开始，也就是说完全的神秘感。我询问他是否给这些奇特的剪贴本取名字，他笑了，他嘲笑我说这不过是为了引诱我的伎俩，实际上他走进图书馆，只是为了躲避正面迎来的某人。

从窗户可以看到安卡拉河，我想到了跟这个男人的最后一次旅行。我躺在床上，一直昏睡到晚上，睡得很不安稳，醒来也很疲惫。之后，我走到街上，很快又绕回去继续睡觉。

头两天我都是这样度过的。待在这个小小的空间里，满足于喝上两杯和吃点小食。我开始画柯伦泰的画像，写了几行关于贝加尔湖之行的游记，吉尔的房子（也是伊琳娜的房子），试图回忆起所有孩子的名字，特别是那些我没有拍照的孩子。我记下来我尤其喜欢冬日的湖边，湖面结冰了，卡车可以从上面经过。以前，人们还在湖面上安置铁轨，火车可以从上面经过。在随笔的最后，我写道我突然感觉变老了，然后立马把这几句话删掉，这些话让我害怕。我试着去明白这场旅行的不同之处，我得承认它不再是出发时的模样，有些事情强迫我承认这次旅行只是跟我自己有关。

旅行总是意味着跟这个世界建立联系，远离他和我之间的缝隙、距离、语言、种族歧视、宗教，无法消失的困难但赋予了某种意义。这一点让旅行变得独特，给人感觉就是什么都不要触碰，处于游离的状态，被自己的恐慌所囚禁，在别人的目光中我是外国人。我在填写表格的时候分析这些情感，然后将表格扔进了垃圾桶。为了平静下来，我开始读扬科列维奇的书，但我感觉找到吉尔后内心企图逃避的沮丧感在增长，曾经带给我们的美好能量也在消逝。任何列车都无法捕捉到此刻。于是，第三天，我走出门。

这一天天空无比通透，蓝蓝的底和炎炎的烈日。我先沿着安卡拉河闲逛，然后去周边的街区探险。我遇到卖杂物、鞋子、手套、厨房用具、各种工具、旧衣服的女人们。她们在人行道上一字排开，站着招呼过往缺乏兴趣的行人。没人对他们感兴趣，他们的脸上读到的都是一副漠不关心的表情。

我不敢打电话给克雷蒙丝，她不挂电话。我到达的第二天，我向她讲述火车、伊戈尔、湖边的孩子们，也许还提到了吉尔。她对我说：其他人呢？那一天，在对面的咖啡店里，我们回忆起生命中错过的那些男人，美好的相遇和令人痛苦的诀别。她跟我讲述她跟加比在一起的最后几天，这个女人让我很感动，似乎保尔的缺席并没有影响她生命的完满，因为她自己就是生活本身，她生活中的一切都意味着永恒。她公寓中的红沙发和关闭的房门只不过是虚像，一个老妇人的怪念头，一种忘记身体上不适的姿态。我挂念她。她的陪伴非常特别，虽然我们来自不同的世界，年纪也相差很大。我不属于任何人，任何人也不属于我。年轻的我粗暴地要求捍卫这份独立。在过去的这几年，毫无困难地，我以某种方式捍卫了这份独立。克雷蒙丝教会了我一件事，没有自由的爱情会让人窒息、绝望，甚至枯竭。克雷蒙丝虽然失去了保尔，但获得了这份自由，这也多亏了她对于幸福的追求。

我毫无目的在城里闲逛，突然一个女人的声音再次响起："我在森林里看到一朵玫瑰，你怎么在这么远的地方盛开呢?"我回忆起我在意大利的房间，我离开带着泪入睡的男人。我没写一句告别的话，拿上行李，出发寻找另一家旅馆。所有让我们在一起的借口现在成了让我们分开的原因。发生在吉尔的遭遇在其他人身上一再重复。曾经的魅力被人嫌弃，真是奇怪的结论。

那个女人重复说："你怎么在这么远的地方盛开呢?"打开的窗户可以看到一面空空的墙，一个男人走到窗口从里面扔出一个啤酒瓶，还骂骂咧咧的，女人噤声了，玻璃碎掉的声音惹得男人哈哈大笑，之后女人的声音又念叨起来。我差点离开这些街道，这个我不会再回来的国家，但我最终放弃了，这种在异乡不同的呼吸和思维方式，身处这个世界的归属感，我在面孔上、在音乐中、在手势中、在无尽的细节中去寻找人性，让你我联系起来的东西。我让自己被这个城市的喧闹、节奏和无影的风所吞噬。它打败了我，自从我到达这里之后便失去了我一直需要的东西。我在小巷子里徘徊了好几个小时直到精疲力竭，最后钻进一家地下咖啡店"环球巴士"，在那里可以喝酒，有人在唱歌和演奏乐器。

他不再年轻。他拉起手风琴唱着一段旋律，我大概明白是一段逝去的爱情。我喝着一杯格鲁吉亚的红酒，有点头晕。大厅里坐满了人，大家鼓着掌，有时候会跟着他一起唱，甚至唱得比他声音还大，震耳欲聋的嘈杂声，随即淹没在掌声里。有几个声音特别刺耳，“波利斯！波利斯！”他挥舞着他的手风琴，以一个美丽的微笑勾勒出让人尊敬的模样，随即是狂暴的伴奏。当他让大家平静下来之后，他询问是否有人想点歌，大厅里又有人起哄。在一阵烟雾中，我看到他走向我。我一个人坐在桌边，有点游离，我希望自己搞错了，但他站在那里问我什么歌让我开心。我知道是哪首，一首在老电影中出现过的一个男人用阿卡贝拉唱的歌，从那以后我就没听过。我哼了《满洲山丘》的开头几个调子，引来一片掌声。

他就站在我身边，我发觉他脸上布满了皱纹，在年轻的身体上看到如此让人闹心的细节。我倒希望他这次放弃拉手风琴，我太喜欢电影里男人独唱的声音。我的声音总是淹没在他的乐器声中。最后，他向我伸出手，我走到他面前，被邀请入席。我们聊了好一会儿，他告诉我他参过军，他在被改造成核潜水艇坟墓的海参崴地区度过致命的日子，那里的植物疯长成巨大的模样。这也是十几年前他出生在那里的女儿之所以残疾的原因。他妻子离开了他，她指责他，他是这项任务的志愿者，把她带到这个地方，让她生下一个跟其他人不一样的孩子。从那以后，他就到处卖唱。你呢？他问我。我刚刚结束幻想了很久的旅行，一列火车把我带向更远的地方，直到一座湖边，仿佛传说和神话里无法触及的湖滨。至少这些是我自以为经历过的。这是我在伊尔库茨克市的最后一天，他向我提议去安加拉河夜游。他在船上唱歌。我跟他在一起很舒服，于是我答应了。我们两个人像个老朋友似的走到河边，平静并不会让人不安。这次相遇让旅行缓了口气，简单的、日常的东西。城市变得不一样，被驯服了，变成了同伴，我不再是这里的外国人，多亏了波利斯的陪伴，这个城市认同了我。时不时，他会停下来，给我讲述某个地区或者某所房子的细节。是他跟我解释说大部分房子开始下陷，房子的地基无法保护它适应温度的变化。

我问他是否去过莫斯科，他说去过，多亏了党，他在那里度过了他的青年时期。我告诉他，我很痴迷于红场，我一个人在那里的无助和徒劳，以及这个地方在我生命中的意义。他笑了。他是否知道在1978年，八个勇敢的人在广场上反对？他不知道。他从没进过革命博物馆，我参观过，注意到里面有很多空的大厅，很多缺席的人，比如托洛茨基，然而斯大林到处可见。我试着表现出吃惊的表情。他没有回应，沉默片刻后，他回复说很长时间以来他远离所有虚假的希望，他对过去不感兴趣，他只期待明天。我从这些字句中明白他听懂了我的意思。

我询问是谁在唱苏丽柯，他不知道，但他也听过几次。我们讨论了很多事情，有人说她死了好几年，她的好几个儿子在阿富汗失踪了，房子里闹鬼，是她的鬼魂在唱歌。当然这都只是道听途说……

在船上，他获得了跟“环球巴士”一样多的掌声，他唱了传统歌曲，一些诗歌，还有歌手维索茨基的歌。我一直处于游离的状态，我跟随着淹没在黑暗中的河道影子，它们在我的微醺中晃荡。旅行的终点让这一切变得分外重要。

他陪我回到旅馆。在门口，他敞开双臂，我在他怀里缩成一团，我们抱在了一块儿，他以低沉的嗓音唱起了《满洲山丘》的调子，在我耳边的呢喃，让我浑身起鸡皮疙瘩，像列车一样抱着我晃荡。我想起了伊戈尔，深邃的夜空，吉尔的孩子，我们疯狂的希望，克雷蒙丝，活着的幸福。我跑到了旅馆的大堂，然后又回到门口。他已经不在那里了，但我肯定他不是我虚构出来的。

“这不是真的?”克雷蒙丝问我。我讲到密伦娜·耶森斯卡游泳穿过莫尔道河，只是为了准时赴约去见恩斯特·波拉克。我接下来又补充说，她之后也许会后悔这个充满爱意的举动，因为波拉克对她毫无兴趣。她的父亲不同意她女儿跟这个德国犹太人之间的关系，用武力把她囚禁在维勒斯拉文的疗养院保护她。结果却是徒劳。密伦娜下定决心过她想要的生活。

1907年，她在十一岁那年进入布拉格的密涅瓦女子中学，她母亲不久就去世了。多年之后，做了记者的一位同学回忆起她的到来：“他们两个真是气度非凡！她父亲陪她走到大门……我直到今天还可以回想起她灰色的套装，深色丝绒遮阳帽，缎带在风中飘动。一头金色卷发非常适合她，衬托出她的温柔和透明的皮肤……”

我对克雷蒙丝说道，优雅是这个女性一生的标志。不光是指衣着打扮的典雅，尽管年轻的密伦娜赋予了其重要性，而是指她的整个人生，她的使命，直到在拉文斯布吕克集中营度过最后的日子。我补充说我画了好几幅她的画像，在不同的杂志上刊登，每一次的感觉都不一样，仿佛永远无法触及其真实。但是她的编年史揭露了她的真实性格，通过她的爱情故事，在逃难的日子里，在战争期间，在大大小小的苦难中，她投射在男性和女性身上的目光。

克雷蒙丝和我，我们开怀大笑，因为她讲述了她的女门房科勒夫人的故事。“一年前，不知道是出于怎样崇高的理念，平等还有博爱，我向她建议不要再偷我的东西……”她继续补充说：“她只拿她需要的东西，她的需求并不多……”我们分享了她对于幸福的观点，激励她的一切，我们在一起讨论很长时间。克雷蒙丝热衷于二战期间的悲惨故事，她之前的生活就依赖这一切。

她非常喜欢《写下来的亲吻》，卡夫卡命名的书信集，以留局自取的方式寄给化名为克雷默夫人的密伦娜。我们花了好几个小时去读这些信件，了解她的生活，这些时光将我们紧密联系起来，我还清楚记得我朗读下面这些句子的那一天：“小女孩，我一直在等待。我想有一天，生活会突然开始，在我面前展开，就像一块幕布一样，一出戏剧即将开演。什么都没发生，发生了很多事情，但完全不是这样，我们不能说这就是生活，要相信我坚持做一个小女孩因为我继续在等待还未降临的生活。”

克雷蒙丝打断了我：有一座沙丘，很长，很高，顶部是木头房子，小小的房子跟洗澡间差不多大。我当时十三岁，我们在度假，我的父母和我。我的父亲为了我们修建了其中一座木屋。在我们木屋旁边就是保尔和他的父母。我们当时并不认识对方。早上，我们是独自跑去看海的，并没有完全清醒，等待各自的父母醒过来，我们不敢靠近对方。沙滩上荒无一人，我还记得那股让人窒息的海藻味道。有一天，保尔过来问我是否想跟他一起游泳。我不会游泳，于是他想教我。每天早上，我们一起跑向海浪，他把我抱在怀里，让我放心。慢慢的，我们开始在海滩上散步，他给我念瓦伦特的《蓝人》，他说他每次都跟他父亲一起参加游行活动，等他长大了就会入党。我觉得他很帅，他是很帅，我喜欢他把我抱在怀里。假期结束的时候，他们家先走了，我哭了好几个小时，我很想保尔，妈妈说明年我们还会再见面，新生活在等着我们。是的，我还记得这句话，新生活在你们面前。一辈子究竟是什么东西？跟你的密伦娜一样，我不禁想问我的生活是否开始了，保尔和我的生活并没有在我的面前展开，于是我怀疑我妈妈跟我撒谎……

第二年，他们回来了，我们再也没有分开过。有时候，我们一起去沙滩上待上好几天。我认为我的生活开始了，我感觉到我的身体在改变，胸部，臀部，我不敢照镜子，我感觉我不再是我。我不禁寻思保尔是否注意到我的变化。秋天，他的父母来到巴黎，他的父亲在这里任职。接下来的三年是梦幻般的日子，直到他死去的那天才梦醒。跟在沙滩上一样，我们在城里走上好几个小时，这也是为什么我后来经常这样做的原因。在那段时光里，我们说得并不多，我们手牵着手，我试图回忆起重要的部分，但所有在我看来重要的部分都逝去了……也许是因为他死了之后，我还在继续等待生活的开始，我想我这一生都在等待，等待跟他一起的生活。而我经历过的生活则是另外一件事情，那就是等待……现在我是一个上了年纪的小女生……

我承认长时间以来我一直相信这个故事，但我不是很确定。她还想知道更多，她还想知道我曾经是怎样的小女孩。我感到非常尴尬，我不知道该如何回答，似乎我的童年消失了，从未存在过，或者是在后来的日子里消融掉。然后我说，那是一条路，我的童年停留在乡间的小路上——一条石头路，路边的树影让我着迷。是的，我想到的是路边的树影，它们实在太让我震惊，我甚至不敢把脚踩上去，我绕过树影，我确信它们是树木的灵魂和语言。天色阴沉，没有树影的话，我还会担忧。我的祖母让娜似乎明白这种语言，她给我讲了很多树木的故事，它们是忧伤还是生气。我们也去跟它们说话，向它们请求原谅，似乎我们犯了错误。让娜是一个非常有味道的女性，整个世界在她的眼里是永恒的怒放，她知道如何跟这个世界沟通。她喜欢土地、雨和风。我认为只有跟她走在这条路上时，我才是小女孩，我没有别的回忆……有时候，深夜，我们带着她的狗Z去河边散步，她希望夜晚能够驯服我。我们坐在水边，聆听窸窸窣窣的大自然，它们潜入了我的梦境……之后，在一间博物馆里看到一幅塞尚的油画《加谢医生的房子》，我泪如泉涌，被树木挡住的小路和房子，这完全是我散步回去时的场景。让娜刚刚去世，我那时还是青少年，我再也无法回到那所房子。

我们在密伦娜的陪伴下过了好几天，克雷蒙丝希望我们能够有规律地“重新创造”。密伦娜在流亡途中的逝去让她很困扰，尤其是密伦娜最后几年的痛苦以及无法摆脱的病痛，但跟我一样，最触动克雷蒙丝的还是密伦娜对于生活的热爱和幻想，这些使得她的使命变得尤其重要。我们非常爱她，就像爱一位朋友一样。在我回去之后，如果是个好日子，如果她记性还好，克雷蒙丝宣称说我必须向她讲述我的旅行。跟以往每一次一样，我们从穿越莫尔道河开始说起。

在酒店里等待我的又是一个有趣的夜晚，激动且短暂，我必须在凌晨出发。我在房间里走来走去，整理行李，无法躺下，毫无睡意。我下到酒吧，我喜欢身边有人说话，听听让人怀念的音乐，一种奇怪的思念之苦。这几天以来，一切都很混乱，在两种语言中穿梭，我的世界逐渐分崩离析。之后的旅行在记忆中找到落脚点，归入平日的轨迹，一切变得模糊，只剩下本质，记忆来往的地方将我们带入流浪者的幻想。

我是酒吧里唯一的客人。收音机在播放乔·达森唱的一首俄语老歌，我试着拼凑出一封写给吉尔的信。我跟他提到孩子，我问过他是否读过《七个农民》——《两个孩子环游法国》的另一个版本，我们很久以前在万恩的跳蚤市场买的书，我在他的书架上看到这本书。不，我不会提到《七个农民》或者《两个孩子环游法国》，这样看起来像是心怀怨恨。其实我感受到的不是怨恨，更确切地说是疏远，第二次分手的感觉，这一次比第一次更加突然，因为孩子的缘故。我想象他做风筝的样子，他把风筝带去贝加尔湖边，在那里钓鱼，我发自内心地祝福他们一定要幸福。我希望伊琳娜跟他能给孩子取一个俄语名字，而不是我们之前在一起讨论过的名字（我们非常清楚我们永远不会成为父母）。我不会告诉他因为长时间没音讯而担心他，我会告诉他在火车上的日日夜夜，我会提到伊戈尔和波利斯，我会告诉他在安卡拉河边的深夜散步，我不会提到关于维利亚的任何事情。当然，我永远不会寄出这封信，或者其他任何一封信。

回到房间后，才刚刚两点钟。靠在窗边，我注视着安卡拉河的夜景。入睡的街道让我不安，我听到远方传来的吟唱，我在想那个女人是不是在唱《苏丽柯》，她的声音是不是在整个城市回荡。房间外传来脚步声，有人在敲门。酒吧的男孩子给我递来一张纸条，对我说："波利斯。""他还在那里吗？"我问道。"在。"我跑到窗边。一个人都没有。男孩子离开了，纸条放在床上。"满洲的山丘"，签名波利斯。我下楼想去追他，我想跟他说话，亲吻他，像我们上次分开那样拥抱他。但找不到他。我在整个小区里到处找他，不知不觉中走到了维利亚的酒吧。那个女人不再唱歌，窗户关着，房子很静，但维利亚的酒吧很热闹，一群人在高声说话。为什么不在上飞机之前跟她说声再见呢？再次感谢她的接待？

不是维利亚给我开门，而是一个壮实的年轻人。维利亚坐在桌子旁，身边有十几个人。她看到了我，示意让我靠近，跟其他人介绍说我是吉尔的朋友。于是所有人都转过身来看我，每个人都发出赞美之词，我微笑着回答每个人，思考自己到底在吉尔的生活中扮演了什么角色。我此时的感觉跟在他房子里的感觉一样，这里没有我的位置，没有依靠他的权利。

维利亚询问我是否在村子里找到了吉尔，我回答说他跟他爱人去旅行了。她似乎不知道伊琳娜的存在，她的表情僵掉了，她询问她的邻桌，我明白八卦传开了。她说："他不会再回来了，我现在明白他不会回来了。"这场旅行非常奇怪，我找不到他，然而我却因此了解了他的私人生活，这些都是他的信件里没有提到的。我不知道是什么驱使我说出他们将要迎接一个新生命。但是当我看到维利亚的眼睛里满是泪水时，我顿时从自己的痛苦中解脱出来了。我并不为自己感到自豪，自从我来到伊尔库茨克，我就非常明白她对吉尔的感觉。当我说出他的名字时她的感受。她的同桌转过身，向我投来敌视的目光。"你知道他爱人的名字吗?"维利亚问我。我回答说她叫伊琳娜。她再次转过身跟邻桌的女人说话，我明白伊琳娜是她孩子们的小学教师，吉尔有时候会带他们去学校。我在这群人中感觉不自在，大家因为维利亚的悲伤而沉默。我靠近她跟她说再见，为我带来的消息表示歉意，我并不知道……她站起来，含泪拥抱我，我紧紧抱住了她，对她说："他就是这样。"

为什么说出这些话？为什么分开二十年后我还可以这样谈论他？我刚刚摧毁了我们构建起来的相处方式，破坏了这个社会赋予我们挽回爱情的准则。伊琳娜和孩子并没有改变我们之间的关系，也没有否认我们之间的关系，我是唯一在撇清我们之间关系的人。我试图修补笨拙的说辞，但徒劳无功，只能在维利亚耳边轻声说道吉尔爱过她，他在信里跟我提到过。她的哽咽声更加大了，我必须摆脱这一困境，我在其他人的目光中看到了增长的敌意。突然，我看到了维利亚的一个孩子，穿着睡衣，睡眼惺忪，站在门框边，看着妈妈掉眼泪。我真讨厌自己。给我开门的男子陪我走到街上，要求我什么都不要告诉吉尔。他到底把我看作什么人啊，他以为我是故意来伤害维利亚的，或者是吉尔派我来结束这段关系的？我没法回复他，我想起某天早上，利兹打电话告诉我吉尔在她家睡觉，她决定留下他，如果我想做出什么破坏他们关系的举动，那么我会后悔的，于是我笑了，吉尔已经提前告诉我，他提到过她，“我并没有感觉到背叛，”我这样对利兹说道，她的声音突然没了，也许她哭了，我挂了电话。

回到酒店，我又想起了我们在一起时所处的各种危机，每个人都想自由，无法忍受对方。那时候，吉尔同时保留好几段关系，在我保持多角关系的时候却陷入疯狂的状态。我们寻找不可能达到的平衡，结果无功而返。但我曾经爱过，也还爱着这份确信，那就是没有自由便没有爱情，我们近似绝望的努力想证明这个想法，并不是徒劳的。这也是让我们充满活力的原因。内心深处，我并没有放弃，让我痛苦的是我不再寻求这一点，也许这就是衰老的迹象，不再寻找不可能的平衡。

伊琳娜也许可以做到？

在酒店门口，一辆的士车停在那里。

我在离开前一晚最后一次去拜访克雷蒙丝，经过跟往常不一样。她没有坐在沙发上，她似乎在门后等着我。她开门时我还没按门铃，她的护工站在离她几步远的地方，我从她眼神里看出她的不安和疲惫。我试图解释说我三天前来过，但她记不起来。我补充说："那天，密伦娜跟我们在一起，我们读了她跟科勒夫人一起冒险的故事，你还记得科勒夫人和她的未婚夫？约瑟夫？你难道不记得这段话：

——科勒夫人，我丈夫的 T 恤在哪儿？

——约瑟夫今天穿着。

——但是，科勒夫人……

——好吧，我可不知道他今天会穿。"

是的，她说得对，她可真不可能知道。

克雷蒙丝什么都不记得，而且越来越频繁，时不时地记忆闪回，更多时候是断层的回忆。

"克雷蒙丝，女主角游泳穿越莫尔道河，跟恋人赴约，她不想迟到，你还记得吗？""不，那是我。"她说道，"是我朝他游过去……"

没有反驳她，我把密伦娜的故事换成玛丽昂。一步步缓慢地构建起她的一生，她出生在波恩莱，跟她母亲在集市生活，加法尔姐妹们试图教育她成为上流女性但没成功，她最后建立起骑兵，她的口头禅是"要钱还是要命"，跟另一个被称为“骑士玛丽”的玛丽·科林做法相反，她从不杀人见血，大部分时间没有人抱怨她的行径。我描绘了他们在阿尔山上的一次出征，跟亨利·佩松在亨尼朋战败被俘。1747年她接受审判，被执行“特别裁决”，她在里斯广场被烙上印记，在大街上裸身游行，直到最后被绞死……“你还记得你以前经常叫她胆小鬼？”我的讲述让她不安，足够将她从迷雾中唤醒。

我把她拖到沙发上，我坐在椅子上。我一只手滑进了红色丝绒的坐垫里，拿出在河边的照片，展示给她看。“保尔和克雷蒙丝，1943年，你还记得保尔吗？”她眼神极其痛苦，还是徒劳一场。我描绘沙丘上的白色小房子，她跟保尔在那里等父母们起床的早上，眼光注视着大海，天空中的海鸥往北方飞去。我让她回想起保尔第一次请她去游泳，他如何拥她入怀，而她又是多么喜欢依偎在她怀里。她终于笑了，对我小声说道：“你怎么知道这些？你怎么猜到的？”那一天我很感动，她对我说，你运气真好，还可以想起某人，虽然有医生关照，但我看得出她的情况一天比一天糟糕。

我能让她想起我第二天就要出发了吗？她沉默地坐在沙发上，似乎我说出的每个词都让她陷入混乱中，而同时她试图保护自己。

但是奇迹发生了。我站起来，朝她的工作间走去，让她跟我多讲点工作上的细节。第一次参观这里时我们满足于试戴各种帽子，而她对此毫无印象。她的眼睛亮了，站起身打开门，突然找回了肢体语言，向我解释怎样从一个钟形的羊毛毡开始做起，也就是说从收到货物开始，她就用熨斗和蒸汽做出帽子的外形，然后再选择装饰材料，小小的细节能带来不同的效果，比如羽毛、面纱。有时候也模仿她散步时在橱窗里看到的样式。在她的坚持下，我再试了一次柜子里的帽子，她还想让我选一顶帽子，我说她已经送过我一顶巴拿马帽子，但她不听。我拿了一顶用稻草编的宽边女软帽，让我看起来像是去度假的名媛。

这次拜访让她累坏了，但她很开心。在我们走出她的工作间之前，她问我什么时候出发去找我的朋友，“去那么远的地方，”她补充说。她的问题把我难住了，我吃惊地看着她，她很轻松地说了一句：“你这次出远门吗？”

在去机场的路上回忆起这些片段，我不禁想她是否还能认出我。这是我第一次有这个念头，我被这个想法所淹没，一切在我看来无比脆弱。薄雾中天色已亮，整个世界可以一瞬间变成另一个世界。

在莫斯科中转，但因为技术原因等了好几个小时。我放空自己的思绪，陷入幻想中。一切混淆起来，变得模糊不清，我变得越发不耐烦，我想去到别处，离开这个国家，就像是离开背叛你的情人。我想起了吉尔，他告诉我他想离开的想法时，我正好读到佩阿索的一句话："我完全可以去西伯利亚生活，只是想背道而驰，去做让自己不乐意的事情这种乐趣……"我笑出声以此来激怒他，但他完全不理解我的暗示，因为我是少数知晓他意图的人之一。我曾经发誓不会像《守羊人》作者所写的，但我补充说我不喜欢在我看起来类似逃避的行为，朗读这句话则是我跟他交流的方式，幽默且避免无意义的争吵。然而我们还是吵起来了，还翻出了陈年旧账。我应该明白距离摆在面前，纵使相隔千里，我仍然渴望跟这个生命中重要的男人保持关系。我聆听他的说辞，我本应该愿意被说服，我只是被他不愿放弃争吵的意义这点决心所感动，甚至在这个夺取了所有希望的国家里。

在他最初的几封信中，他把我的沉默当成是鼓励，试图向我证明他可以克服万难前进。我不回复他的这些断言，我满足于向他提供精神支持，我肯定他不怀疑这点。我向他提供信息，在这片被前俄罗斯联邦安全局垄断的土地上发生了什么事情。他回复说他知道，他并不天真，但这不能阻止他的计划。

我了解他的固执，我记得好几次我们因为他的固执而起冲突。有一次我在机场接机，吉尔从智利飞回来，飞机一直没到。我绝望地寻找各种原因，其他人跟我一起等，我们不说话，陷入无法分享的恐慌中。之后飞机降落了。我在走出来的人群中寻找他的面孔。我认出他来，他冲着我笑，我们当时处在热恋期，刚在一起生活不久，生活仿佛没有终点。他从人群中走出来，我奔向他的怀抱，其他人还在机场互诉衷肠，我们一直走回奥德勒大街的单间公寓，路上一句话都没说，爬上没有尽头的楼梯，打开门，投入我们王国的中心。一个被书本、海报、在郊区工厂门口派发的传单、爵士碟片，以及在散步的路上捡回来的杂物所淹没的王国，床在这片激烈的海面上挤出一个位置，这就是我们的宇宙，唯一无所不能的场所。好几年来，我们生活在这片小星球上，当他准备离开我时，我们不知道该如何相处，我们觉得彼此是对方的庇护所。之后，我们回忆起那些年，我们总是说："那上面，你还记得吗？我们住在那上面？"

我在飞机上睡着了。我身处贝加尔湖的孩子们之中，我们抬头看飞在头顶的风筝。吉尔也在那里，他发号施令，有个孩子坐在他肩膀上，那是他自己的孩子，我问他叫什么名字，他说叫伊戈尔。他向我伸出手，我把他拥在怀里，他闻起来有牛奶和覆盆子的味道，我跟他说俄语，他很重，非常重，我把他还给吉尔，他走远了，消失在别墅里。我走进别墅，在一个长长的走廊尽头，克雷蒙丝坐在红色的沙发上，她用伊尔库茨克那个老女人的嗓音唱着那首《苏丽柯》，她似乎没认出我。我走过去，告诉她我叫安娜，但她继续唱歌，完全不理我，突然她又消失了。我坐在沙发上她坐过的位置，把手滑向靠垫和椅背，碰到了那张照片但不敢拿出来。

风很大，把沙发后面的窗户关上了。我注视着湖面的波浪，听到孩子们在大喊大叫，因为风筝落在了湖面上，他们在后面追赶风筝，我看到他们跳下水，游到彩色的沉船旁边，试图把风筝抓回岸边。我走出门，叫他们回来吃点心，他们冲撞着挤进门，这场欢乐且吵闹的争执把我惊醒了，飞机刚刚着陆。

的士司机开车的时候在打电话，说的是我听不懂的语言。然而在我听来，像是波罗的海地区某个国家的语言。从他使用的语调，我猜出来电话另一头是一位女性，他们在谈情说爱。我本来希望他可以开快点，但是不敢打扰他们的情话叨叨。当我们到达我的大楼时，他转过身向我道歉。“她很无聊，”他笑着说道。我也回他一个笑容。下车后，我走进大堂，冲向电梯，直奔三楼。门开着，两边堆着纸箱。我走过去，不知道怎样的意外等着我。走廊尽头，一个小女孩坐在沙发上，双腿悬空，她正在高声朗读一份杂志。她戴着一顶帽子，面纱勾勒出她的面容。上年纪的小女孩，这是我的第一印象，游离的思绪再次涌上心头。在小女孩身边，帽子七零八落，有些在地上，有些从没封好的纸箱里冒出来。

靠在墙上，我听小朋友念一份菜谱，时不时被工作间传来的另一个女声纠正。“混合配料……什么是‘配料’?”小女孩问道，没有抬头。一位年轻女子出现在工作间门口，准备回答她。她拿着各种颜色的羽毛毡放在其中一个纸箱上，我们的视线交错了。女孩子揭开帽子的面纱，也看着我。我无法开口，我不敢相信我看到的。如果不是红色沙发说服了我，我本来以为我走错了楼层。

似乎今天很长时间之内什么都没发生。我靠在墙上站得笔直，女孩子和年轻女子站在离我很远的走廊尽头，旅途的劳累和前一夜的失眠让我眼前发黑。然后女子靠近我，“是的?”她只说了这个词，语气很生硬。

“克雷蒙丝，我来见克雷蒙斯。”

“她不在了，”她回答说，小女孩继续她断断续续的朗读，“把面粉……”

我无法动弹。我不敢询问细节，无法想象克雷蒙丝在我不在的时候搬家了。相反，考虑到她的状况，医生可能把她转移到某个机构。但是年轻女子打断了我的思绪，“你是谁?”小女孩停下来，带着有时候可以让你僵化的天真无邪又残忍的童真，用尖锐的声音说：“她死了，妈妈，她是不是死了?”

我一直走到沙发前，就像梦游者一样，坐下来。

“她去世了，一个星期前。”年轻女子说道。

小女孩看着我的脸问道：“去世是什么意思?是说她死了吗?”

“是同一个意思。”她母亲回答。

我把手滑向丝绒的褶皱里。相片还在那里。这份接触否定了一切，否认了她的去世，某些无法解释的东西证明克雷蒙丝的存在。她还在那里。我回过神，解释了我是谁，一个邻居时不时过来给她念书。我们很亲近，我刚刚旅行回来，我答应她回来后就来找她。

年轻女子把我拉到平台告诉我发生了什么。我离开后几天，克雷蒙丝让夜班护工陪她去散步，坐的士去到波本河岸，在那里待到天亮。护工不敢拒绝，找来了的士，陪她去到河岸。但这一次，克雷蒙丝让护工去跟的士说不用等她们，她们过会儿去找另一台。护工刚一离开，克雷蒙丝就落入了水中。

年轻女子的讲述让我想起了一些事情，只有我知道的事情，只有我跟克雷蒙丝读过的东西。这不是一场意外，落入塞纳河，这是一场约会，某种程度上的约会，也是跟我的约会。我不仅伤心，而且更加明确她的意图。克雷蒙丝指望我能明白她，我非常确定。

年轻女子非常吃惊看到我如此不安，她觉得有点太过头。无论如何，克雷蒙丝对我来说不过一个偶尔跟她一起读书的老邻居。她跟她不熟。所谓的家庭联系仅剩无几，跟克雷蒙丝更是毫无联系。

女孩子停下来朗读，她妈妈让她一起去公寓，她想确定小朋友不会做蠢事。她躺在沙发上睡着了，帽子盖住她的脸。

这一切对她来说太辛苦了，她不明白我们为什么来到这个她不认识的地方，年轻女子把手指放在嘴巴上，让我小声说话。我什么都没说，我只记得那天下午，克雷蒙丝没法上楼，我们发出孩童般的笑声，困在两层楼之间不想继续上楼。于是我们走进了对面的小酒馆，没有太过放纵，但那个时间点的一杯白葡萄酒让我们心情愉悦。我们总算爬上了三楼，我陪她走到沙发边。她本来还想听个关于科勒夫人的小故事，但很快睡着了。我扶她躺下来，她当时的位置跟现在小女孩一样。

我不敢对小女孩的母亲说她多么像克雷蒙丝。她尖尖的脸蛋，明亮的脸色，投射在人们和事物上狡黠的眼神让我想起了某人，真是让人心烦意乱。她的嘴唇和眼皮轻轻地颤抖，像是无法抵抗睡意的来袭。突然她站起身，把帽子和面纱扶正，抓住她母亲的手，盯着我。

“你叫什么名字?”我问她。

“玛丽昂。”

她自然撒娇的模样让她看起来很有趣。

“可怜的胆小鬼。”我这样想。

第一天我没去波本河岸，第二天也没去。我像是在准备另一场旅行。雨下个不停，渐行渐远的夏天给这个城市增添了适合它的颓废气质。年轻女子前来跟我告别，公寓空出来转给一个供货商，除了帽子和羽毛毡外，她都不感兴趣。她前一天晚上忘记自我介绍，她是克雷蒙丝表姐的孙女，我不敢询问克雷蒙丝从不提起的家庭。她在记忆中抹去的那一段回忆。

“那个沙发，也给了供货商吗?”我问道。

“是的，你感兴趣吗?”

“有件东西我感兴趣，一张照片，克雷蒙丝把它放在坐垫和靠背之间，这是我们之间的秘密，我很想拥有它。”

她带我回到公寓，我给她看了那张照片。然后我把它放在抽屉深处，再也没有拿出来。我觉得克雷蒙丝不在的话，我就没法触碰它，我更喜欢把它放在那里。

我第三天才走向河岸，首先路过了路易-菲利普桥。天色还早，就像是我跟克雷蒙丝一起来的那天一样，她指给我看某个周日她跟保尔走了很久之后休憩的地方。她还记得他那天很焦虑，他比平时说话更少，而她不敢开口。她知道不应该提问题。在路上，他们遇到了保尔的一个朋友，他陪他们走到河岸，就是他拍的这张照片。也就是他跟保尔一起在街上被人暗杀。

桥上只有我一个人，天空和屋顶混在灰色中。下了两天雨之后，塞纳河的污泥冲到了岸边。我不敢踩下去，沿着护墙走着，眼睛注视着桥底浑浊的水流。我寻找克雷蒙丝跟保尔拍照的地方，他们最后在一起的周日。她走下楼梯，护工跟在她后面，天气很凉，她们听到头顶轰隆的马达声，的士的马达。然后克雷蒙丝转过身让护工去跟的士司机说，让他不用等她们，她们回去再找另一辆的士。

我看到克雷蒙丝孱弱的身影出现在河岸上，护工消失在护墙后面去找司机。我听到鸟儿的叫声，就像那天早上听到的一样，我想我们看的是同样的树木，河岸边同样的房子，圣-路易小岛上同样的画面，船在河面上前行，缓缓靠岸。

我可以想象有人靠近窗户（小女孩母亲提过的那个男人），发现了这一幕，两个女人，一个年长，一个年轻，在河边散步，如此平静的波本河岸。的士声吵醒了他，他才知道这个时刻扰人清梦的原因。他看到克雷蒙丝突然掉下河，消失在深夜湍急的河流中。他一开始以为自己搞错了，但是女人没有浮起来，她不在那里，他在半梦半醒之间反应过准备冲出门。年轻女子已经在喊救命，她举起手跑向河岸，跪在地上，如此绝望和疲惫，然后又爬上楼梯再次呼救。“救命！”他打开窗口，消防员、急救员还有警察，如同一支吵闹的芭蕾舞让整个河岸热闹起来。

克雷蒙丝非常熟悉密伦娜游泳穿越莫尔道河的故事，她朝心爱的男人游过去的情景让她激动。我想象她可能有此冲动，我甚至确定就是这个触发点。她潜入水中去弥补失去保尔的时光，她去找他了，她等待许久的一场约会。

我留在那里继续观察河岸，直到第一艘游船出现，然后是长长的车队沿着河岸行驶，还有最早的一批行人从两个方向过桥，人来人往的景象让麻木的城市醒过来。我把下楼梯的任务推到第二天。我跟克雷蒙丝的约会还没到期，我知道这不是充满忧伤和痛苦的约会，而是跟生命的一场约会。

第二天，我坐在通往堤岸楼梯的台阶上，注视着波光粼粼的水面。夏末金色的光芒在绿色的树叶上闪闪发光，树影摇曳，随风轻摆。我还在纠结是继续旅行，还是与克雷蒙丝在一起。渐渐地，这两者混淆了，他们成了我此刻的生活。好几个小时内，我没有离开我的观察点，眼前的水面浮现出这几个月来混乱的画面，我跟克雷蒙丝的相识，还有让我继续回味的这次旅途。

在前往楼梯的路中，我经过了一块板子，上面写到卡蜜尔·克洛岱尔曾经在这里居住过，在波本河岸的这栋建筑物工作过。我重新读到她写给罗丹的那句话：总是有些缺失的东西折磨着我。卡蜜尔·克洛岱尔的一生充满了太多的痛苦和寂寥，尽管她的雕塑生涯很让人激动，以及跟罗丹之间疯狂的爱情。某一天，她的生活分崩离析，在蒙德维尔格精神病院开始了无止境的牢笼生活。在那里，卡蜜尔一直在等待另一个保尔，她的兄弟，他不常来看她，他总是在世界的各个角落，甚至去过贝加尔湖，他跟我坐的是同一辆列车。她姐姐在最后的日子里，被她所爱的兄弟抛弃。她的母亲也抛弃了她，无视在监禁中痛苦死去的女儿。

卡蜜尔和克雷蒙丝，两个无法接近的女性。尽管年事已高，且行动不便，克雷蒙丝还是活在幸福之中，活在爱恋之中，时刻准备好抓住那一缕光，使劲全力从三楼下来喝上一杯白葡萄酒，仅仅为了纪念我们亲爱的朋友们。卡蜜尔的故事让她绝望，她的流放，她在不幸面前屈服，然后是保尔，这个名字，他的缺席让人想起另一个名字。我想保护她。如果卡蜜尔的灵魂在这个角落游荡，那么克雷蒙丝的灵魂也来了，因为这是一个美好幸福的星期天。

西伯利亚、列车、伊戈尔和波利斯，贝加尔湖和伊尔库茨克，它们将让我的思绪从这里带到远方。我并不排斥它们，它们与此刻的伤感和谐地融为一体。

"我觉得你今天很伤感，"克雷蒙丝对我说，某一天我对她说起吉尔的事情时。我回答说没错，但是伤害对我来说是比较舒服的状态。第二天，我给她带去了罗兰夫人的书，1771 年，"我所对抗的温柔的伤感从不令人忧伤，它只不过是快乐的化身，它借走了快乐所有的魅力……它给原始的风景和孤独的森林增添了一种无法描绘的伟大和震撼。"克雷蒙丝问我罗兰夫人是否经常去见奥兰普·德古热，我不知道，但这也不是不可能。

我独自站在台阶上，完全沉浸在此刻，专属于我的伤感时分，从一个年纪到另一个年纪，克雷蒙丝帮我跨越了这个坎，虽然她自己并不知道。她的姿态，我很肯定，她的姿态并不绝望，反而很生动，甚至是无比的美好。她找回了缺失已久的能量，这一次，她将密伦娜的爱情之旅变成自己的最后一次旅行。我知道这个对她来说意味着一次华丽的爱情出逃。我们从没讨论过死亡，我们女主角的死亡毫无疑问让我们避免讨论自己的生死，这些充满激情的女性有着直面死亡的勇气，我们满足于分享对她们的钦佩之情。

不知道过了多长时间，我从一个想法跳到另一个想法。我感觉从没像这样贴近克雷蒙丝，跟她如此紧密，从我第一次按响她家的门铃开始。

突然，一个男性的声音把我从幻想中唤醒。

“一个星期前，是你陪那位溺死的老太太过来散步的吗？”

他的手枕在护墙上，身体面向我。

“我观察了你好一会儿，”他继续说，“我在想也许你觉得很内疚，但我都看到了，你不能怀疑将要发生的一切，我是目击者，但我也不相信。我要对你说，她向步入梦境一般走向水面，她让自己落下水，她没有马上消失，过了几秒钟，似乎有人在水面拉着她，就是为什么我在等你叫出声来，怎么说呢？太不真实了，过于安静，对，很安静。她不是跳下水的，我觉得是河水抓住了她，留住了她。你是她的家人吗？”

我回答说是，他说得对，我也这样认为，这是个安静的姿势，她想要的只是陪伴。我没有解释他的误会，那个夜间护工跟我一样是金发，很瘦，而他那天早上不是很清醒。

离开的时候，我知道第二天我会一直走到堤岸，这将是最后一次约会。因此，这也将是最后一次读书会，我决定了。我喜欢这个想法，在我们告别的地方再给克雷蒙丝读一次书。就像是第一天，我一整夜都在寻找什么书让她开心，在寻找的过程中，我想到了罗伯特·瓦尔泽写给朋友的一句话："我爱生活，我爱她是希望她会给我机会，可以将她体面地抛到身后。"

我带上纳奇姆·希克梅特的三节诗回到河边。她喜欢这种刻画日程生活的诗句，这些句子让我们前行，走向未知之旅。

我下到堤岸，坐在水边，我读出声，仿佛她能听到我一样，仿佛她就坐在我身边。

我们在水边
梧桐，我，猫，太阳和我们的生活。
我们的影像出现在水面上：
梧桐，我，猫，太阳和我们的生活。

我们在水边，
猫先离开，
它在水面上的影子消失了。
然后我也离开了，我，
我在水面上的影子消失了。
然后梧桐离开了，
它在水面上的影子消失了。
然后水离开了，
太阳留下来，
之后轮到它离开了。

我们在水边，
梧桐，我，猫，太阳和我们的生活。
水很清凉，
梧桐很茂盛，
我在写诗，
猫在打盹，
我们活着，谢谢上帝，
水面的倒影掠过我们，
梧桐，我，猫，太阳和我们的生活。

我站起来，看到那个男子对我微笑，他坐在第一级台阶上。“还差几句诗歌，”他说，“前三句。”

原来他的眼睛是深蓝色的，我前一夜没注意到。

我们在他家过夜，在一间面向河岸的房间里。天亮时，我来到床边，俯瞰整条塞纳河。克雷蒙丝的回忆一直陪伴着我。湖面泛着微光。

之后，我回到大床上，睡着的男人伸出一只手放在我身上。我想到了雨后的大地、港口、车、河流、湖边的孩子们、海滩上的凌晨、树的影子……

秒 针

时间可以安静地流逝……

很多东西可以悄然而至又默默离去。

就像记忆……

哪怕是最遥远的也如此。

——欧东·冯·霍尔瓦特

《我们时代的一个孩子》

房　间

车站在阳光下昏昏欲睡。我独自一人走下火车，穿过静谧冷清的站台。心想如果买下这栋房子，这场景将会常常见到。这是个奇怪的想法，因为就像之前看过的其他房子一样，我也不会买这栋。我只是喜欢到处走走，任自己徜徉在一些幻想之中，这些幻想可以让我渐渐接近我所寻找的东西，但这些东西究竟是什么也无法说清。我知道，这将是我参观的最后一栋房子，这就是为什么心底既有些焦虑又有一丝慰藉。这意味着令人疲惫的寻找之旅即将画上句号，至少，我认为如此。

回忆着广告上用来形容房子的词语，仿佛待嫁少女构想着未来丈夫一般构想着我的“避风港”，这叫我不禁含笑，因为很久以前，我就不是做梦的少女而为人妇了。而我正想从这段往事中逃脱出来。

在火车上时，我眼神迷离地望着窗外。窗外的景色染上了和我一样疲倦、乏味、不满的气息。在夏日的热浪里，一种饥渴从地底钻出，带着倦意哽出几声难以辨认的呐喊。亮蓝的天空挤压着原野，哪怕最小的火花都可以将这一切付之一炬。我心底思量着这危险，想象着可能发生的灾难，无疑让我寻到些乐子。

我走在一条有野狗闲逛的静谧的街道上。教堂前广场的喷泉边聚集着几只饮水的鸽子，咕咕的低语在闷热的空气里回响。透过敞开的窗户，能听到些居家的响动。和周围的荒凉不同的是，这里已经住了人。

一家小旅馆大门紧闭，昏昏欲睡地躲在百叶窗后抗拒着热浪的侵袭。门口的指示牌上歪歪拧拧地写着“门铃”，单词里两个n的其中之一是悬起来的，像戴了顶滑稽的帽子，应该是有人后加上的。我按了下门铃，一个女人走了出来，后面跟着个年轻女孩。两个人都穿着罩衫，袖子挽起，脚下踩着草底帆布鞋。我向他们提起昨天的电话预订。女人含糊地打了声招呼后便从挂放钥匙的牌子上取下其中一把，随即转向年轻女孩，吩咐她带我去蓝色的房间。

我随着她沉重缓慢的脚步爬上楼梯。女孩时而甩丢了其中一只鞋子，而后又伴随着一声叹息快速地将鞋子蹬上。她被厌烦的情绪笼罩着，显出极度疲惫的姿态。颈项后被丝巾紧紧束起的发束散发着芳香精油的味道。女孩把我带到昏暗走廊的尽头，打开了一间客房的门。整个房间浸在半暗的气息里，但却是粉色的，是淡淡的粉色，墙壁、地毯、窗帘，通通都是。“这是粉色的。”我想指出她犯下的错误，但是女孩却说：“这儿就这样，全这样，说起来不同罢了，还不都一样。”这么年轻的女孩竟然这么消极认命吗？我正发愣，她却已经转过身，向窗子走去，推开百叶窗，然后软趴趴地嘟哝一句：“就这儿了，女士。”

其实不论蓝色还是粉色对我都没有任何分别，这并不重要。就算我坚持称房间是粉色的也得不到任何回应。我谢过女孩。她拖着脚步走出房门随即消失在走廊里。我将行李放在床上之后便坐在了窗沿上。

潮湿闷热的空气扑面而来，热浪侵入房间。对面的房子在这一侧没有窗户，背对着我，仿佛佝偻老人的驼峰。葡萄藤全力伸展着。再往下看是一个郁郁葱葱的花园，花园四周冒出一排排的天竺葵。

一个骑着自行车的男人驶进了马路，身后跟着一条伸长舌头喘着粗气的狗。男人的脸上泛着汗水，打湿的衬衫黏在背上。他蹬得很慢，不时地回头张望着。那条狗忽然间停下去嗅谁家门口泛着光的污迹。男人回过头去呼唤他的狗，这畜生便拔腿跟上他的主人。已经将近五点了，天气却没有转凉一分，生气儿地蜷缩在房间里，阴凉里，等待着暑气烟消云散。

我打开箱子整理行李，重新阅读那份引我到这里的房产广告。上面写着房子舒适又雅致，价格十分合理（但却没做详细说明），坐落在距离村庄六公里的某个地方。我已经约好明天中午之前和南特中介的员工见面。也就是说要么找个司机送我过去，要么确认好有能过去的公共汽车，借辆自行车将自己置身于烈日下绝不是什么好主意。在启程前我从未想过这段路该怎么走。于是我打算下楼去打听打听。

可楼下空无一人。一只橘红色的猫咪睡在登记簿上面。一口大钟随着指针的跳动发出恼人的金属杂音。我试图唤来什么人，开始是清嗓，而后是呼喊，但都白费力气。小旅馆在不知不觉中变成了空房子，也许男人和狗是最后消失在这个世界里的人。我只好又回到了楼上。

楼上有间房的门半掩着，能窥见里面凌乱的床铺和杂乱地堆在椅子上的衣物。我想知道里面是不是有人在，但只有寂静和一种奇怪的旋律传来，这旋律叫我不禁打起寒战。我推开半掩的房门，可除了乱哄哄的床和被衣物塞满的椅子之外什么都没看见，床头柜上摊着几本书，闹钟在滴滴答答地轻响着。

我回到自己的房间。房间里的粉色仿佛随着光线的变化而变化，变得越来越黯淡，越来越辨不出粉色了。为了听见楼下哪怕一点点的响动，我并没有关上房门。

自从第一次看房经历开始，每次我都会情不自禁地幻想出一些画面。然后再艰难地回到现实。我目不转睛地盯着裸露的墙壁，那里出现了一面海，当海边的房子变得模糊时，这片海仿佛一条流动的蓝线仍吸引着我的目光。墙上剥落的裂缝下露出了原本的颜色，是天蓝色的，这就是为什么要叫它蓝色房间的缘故吧。

楼下的那只橘红色的猫踱进房间跳到了床上。转了几圈后挨着我蜷成了一个毛球。尽管有些热，我仍任它靠着，享受着我俩的肌肤之亲。猫轻轻的呼噜声给死气沉沉的周遭带来了一点生气。几个星期前，我离开公寓，那里也有一只猫在等我回去，为了证明忠心即便相隔万里依旧未变，我唤了一声它的名字。橘红色的猫抬起头来，我觉得它在说："哦，莫非您也认识它？"因为留意过与人类语言不同的猫语，我们就这样聊起来。

根据壁纸和地毯的破损程度，我想二十多年前这房间还是蓝色的。那个时候，我正试图摆脱婚姻的枷锁。我清了家具，摞起纸箱，倚着公寓光秃秃的墙抬起一摞摞书，列出待办事项的清单最后又一道道地划掉清单上的内容。

在那片斑驳的墙壁上，我再一次看到了大海，而在记忆里，沉痛的往事依旧宛如昨日。我有时会从过去寻些理由，去和情感的吞噬抗衡。我站在浪尖上，日复一日地航行着，却不知何故。

一边构想着剥落的墙壁上映出的海，我一边将自己的感受讲给猫听，它用赤褐的双瞳盯着我，露出一丝不屑。对它来说，来去匆匆的客人带来太多离奇事，早就见怪不怪能从容应对了。动物能有这份深沉睿智着实叫人讶异又安心。只要愿意，它随时可以在晚上睡在我身旁，不过我觉得它有时会选择走廊尽头那间堆满书的房间。

一声响动惊了它一下。它从床上跳下去旋即便消失了，没有一个回眸也没有一丝眷恋。墙壁上的蓝线渐渐朦胧，光亮溶解消散，四周变得晦暗，拭去了墙纸上的点点滴滴。马路上传来脚步声，我听到那个年轻女孩在楼下的低声细语。于是我起身，打算下楼询问关于我明天乘坐的巴士的种种。

那间房的房门总是开着，一个男人的剪影在昏黄的灯光下清晰可见。他正站着，背对着门，朝向床，床上散落着许多文件。我停了一秒去观察他。他的身体散发出一丝难以捕捉的气息。但没等他转过身我就已经下了楼梯。

年轻女孩在方砖上赤着脚。猫在她双腿间钻来钻去，欣喜若狂地蹭过脚踝，而她似乎也乐在其中。我的不请自来招来一人一猫充满敌意的目光，好像无意中撞见的是正亲热的两个小情人似的。

我问她明天快中午的时候，是否有巴士能载我去一个叫拉皮奈德的地方。她乐了，说只在一大早有一趟巴士，为在城里上班的人开通的，晚上回程。她用不容置疑的口吻加了一句："不过拉皮奈德什么都没有。"听这口气让我觉得她应该是个对海啊树啊都缺乏兴趣的人。它们存在，仅此而已。这女孩总能叫我吃惊。我带着情绪纠正道，在拉皮奈德至少有栋待卖的房子我得去看看，房子在一片松林里，在海边，可不是"仅此而已"。我说得难道不对么？她耸耸肩膀，这时楼梯上传来了脚步声。

是他。他腋下夹着些文件，叼着根烟，看上去年纪不过五十，面容安详，眼神清澈，身型颀长。他微笑着对我说："我带您去，您看几点合适？我十一点有约。"他又说道："我见过您说的那栋房子，我路过那附近好多次，也想看看房子，但我向您保证，我可不是买主。”

我冲他笑笑，并邀他和我一同参观那栋房子。

他没再说什么便走出门去。女孩抱起猫，消失在一层的深处。

我则再一次走上楼去。

那间房的房门总是敞着。我几乎处在和第一次窥探这房间的同一视角上，但这回看到的是一张被文件、笔、水果、掌上电脑和空烟盒覆盖的桌子。我走进房间坐在床上，床单的皱褶涟漪般散开。我竖起耳朵环顾四周，可不愿意在别人的地盘上被逮个正着。不过现在我感觉时机刚好，毕竟这种类似的行为，在别的地方我也做过不少。我之前到过的那些地方都能让我得到一种自己的世界里全然得不到的平静。最近我流浪者的新身份便能够诠释这一点。每每在这一刻，我都能感受到无与伦比的安宁。

我打开了其中一份文件。里面是带批注的平面图，像是份地籍图。我又翻开床头柜上书堆中的一本，里面是密密麻麻用铅笔划出的句子。其中一句话引起了我的注意：行者的世界不存在绝望二字。我十分赞同这个观点。

我径直走到窗前。我以为从我房间才能看到的花园在这里也能看到，且这花园和我想象中的一模一样：树枝相互纠缠，编织成天然的屏障，宛若翠绿的宝盒。一个女人在屏障下避暑，懒洋洋地躺在躺椅上，将雪白的双腿裸露在日光下，之前吃力地跟在自行车后面的那条狗正酣睡在她身边。

我捡起桌上的一枚杏子，将书放回书堆，琢磨着是否是原来的位置，然后回到了自己的房间。

躺在床上，我重复着关于行者无绝望的那个句子，思量着确有些经历可以将它印证，在这个观点上，那个人和我不谋而合，这让我觉得自己好似和一位十九世纪的著名病态行者建立了深厚却忧郁的友谊一般，医学上将其称为“漫游癖”。让-阿尔伯特·达达在无意识下徒步欧洲，我则没那么疯狂。我乘坐的火车在田野上划出道道纵横交叉的线条，只为寻找一个我一直在寻找却又不知在哪的地方。

小旅馆的女主人，大概是那个毫无活力的女孩的母亲，敲响我的房门来介绍晚餐菜品，有酸馍汤和大黄馅饼，和另一个住在这儿的客人一起在内庭享用。我从火车站来的时候留意了餐馆，本想在那儿解决晚餐，现在却有了新选择。我的同意似乎令她十分满意，她给了我一个在迎接时拖欠未付的微笑。

在等待晚饭的这段时间里我想去村上逛逛。这个点儿街上开始喧嚣起来，我饮饮喷泉里的甘冽清水，买了一个甜筒坐在广场上的长椅上品尝，广场上童心未泯的人们沉浸在滚球游戏当中，孩子们观望着，在成人们的戏谑中露出困惑的表情。

那栋明天我将去探访的房子时刻萦绕在脑海。它是最后一栋了。我已经决定好只看三十栋房子，它就是第三十个。我也并非什么买主，只是去寻找不曾找到的东西罢了。

当我走过一家咖啡馆时，正传出里面断断续续的电视新闻片段，我看到小旅馆的那个男人笑着向我走来，腋下夹着些文件。他说他没打通旅馆的电话也来不及回去告诉他们不吃晚饭的事，我的路过刚好解决了这个问题。“我有个临时会议。电话打不通肯定是那只猫搞的鬼，兴许打落了听筒看着它在电话线一头荡秋千呢！”他笑着说，并嘱托一定要通知到位。随后，另一个男人走了过来，拿着个公文包和一些文件夹，看上去急匆匆的。接着两人一起，钻进了车子。

“明天见了！”他将头伸出车窗外对我说道，紧接着车子便启动了。

小旅馆的内庭让我想起了另一个庭院，若没人想以现代化作为借口将其改头换面，说不定我还在那儿闲庭信步呢。内庭散落着几株歪歪扭扭的植物，几乎被屏风挡住的晾衣架上挂了些女士内衣，看上去花花绿绿的似乎属于那个女孩，两三把退了休的破破烂烂的柳条椅被丢在一旁，墙角倚着些园艺工具，一看便知是不用了的。橘红色的猫睡在长椅上，看也不看我一眼，越来越像个小皇帝。想想当初它走进我房间的那股子亲热劲儿，看来如今是一去不复返了。它表现出的一副高高在上难以撼动的姿态，让我开始觉得厌烦。

我的餐具被摆放在一个小圆桌上。餐盘边放着一朵花。忽然间一种哭泣的冲动涌上心头，就像看了一整天的悲剧后回到家里，仿佛从此我将陷入无边的孤寂中难以自拔。这种感觉似曾相识，但我不记得它在何种情况下如此强烈地降临到我身上了。可能很多时候我都选择对其视而不见吧。

“有点烫但是挺解渴。”女主人将一大碗汤端上来放到桌上。酸溜溜的味道被盘旋上升的蒸汽带了出来。在我童年的庭院中也时常飘着这样的味道。不过我担心说这种私密话得来的只有尴尬的沉默，就没敢提及，只是对她道了声谢。

我发觉女主人的面孔露出和她女儿一样的疲惫，但仍能看出未褪尽的风韵。枯槁黯淡的皮肤已经松弛，双眼凄凄切切，兴许是因为缺少男人才加重了这凄切吧。极短的裙子下露出她瘢痕累累的双腿。一双崭新的荧光绿色的鞋子夺人眼球。她像她女儿一样拖拉着鞋子，或者说是她女儿像她一样才对。

“我认识你要去的房子的房主，”她说道，“是一对阿尔萨斯人。他们回去了。那房子不错。看上去挺贵的。”

贵不贵对我来说无关紧要。我想问问房主的名字，但是话到嘴边却欲言又止。我怕听到些熟悉的名字，一些能让我思绪纷飞的名字。穆勒，比如说。

“您是要常住还是为了度假？”她问道。从几个月前，我就一直在做同一件事，所以我只好耸耸肩，不作回答。我的犹犹豫豫似乎给了她答案，但我不确定她是不是真的明白。

那只橘红色的猫从它的长椅上跳下来，走到我们中间。女主人抱起猫宠溺地说：“这是我的小国王，我的大肥猫，我的捣蛋鬼，我的小流氓。”悲剧的是，在郁郁寡欢的氛围里，这些呼唤爱人的词语却也诉说了单身女人的寂寞难耐。

“我也有只猫。”我叹着气说。听罢，女主人向我投来奇怪的目光。我也许不该向她坦白这些。不知道是为了讨好她还是什么别的原因，我不由自主地继续告诉她，猫独自在家等我回去。“我们是两个和猫住的单身女人。”我暗示道，但却没得到任何回应，女主人拖着脚步离开了。我再一次惊讶于自己编造的恶习，要知道，等我的还有提奥，他负责照顾我的猫。提奥这个人对我的沉默和消失表示尊重，这使我们之间距离变成了一种无法定义的牵绊。

几分钟之后，女孩来更换我的盘子，并端来了大黄馅饼。她简直变了个人，化了妆，穿着吊带裙，脚踩高跟凉鞋，发丝绑成马尾，长长的耳坠在颈部跳跃。我又闻见了那阵叫人晕晕乎乎的精油味，除了这阵精油味其他全变了，焕然一新。为了取悦她，我说："您可真漂亮啊。"女孩听了撇撇嘴。我想起了她曾说过的话：这儿就这样，全这样，说起来不同罢了，还不都一样。本想替她说出来，但话到嘴边，始终还是咽了回去，毕竟我不确定那样做合不合适。

女孩端走了汤碗和盘子，我看着她脚踩高跟鞋，走起路来摇摇摆摆，摆动让马尾辫在她白嫩丰满的双肩上悠来荡去。走到一半，她折回来，问我是否需要一杯咖啡。

我忽然想起了维尼奥莱街的玛丽，那个来自桑给巴尔的服务生走起路来也是这样。我之前总喜欢在同一时间光顾维尼奥莱街上一间名为莫里斯先生的咖啡馆，差不多每个晚上，与一份报纸一杯葡萄酒作伴，静静淹没在从吧台传来的谈话声和收音机的广播中。我很想回到以前的那种生活中去，在我寻觅第一栋和之后许许多多的房子以前，在我翻出母亲抽屉里的那个盒子以前。

以前。

我起身要来一杯葡萄酒和报纸，拿着它们回到餐桌，可是维尼奥莱街的感觉一去不复返。这里没有总是放在同一位置，香气四溢的热糖浆和意大利煎饼，没有城市的嘈杂声，没有柏油马路的味道，更没有浓烈的烟草和泛着珍珠光泽的天空。

我漫不经心地浏览着报纸，喝着和索米尔酒相比味道平平的酒水。那只橘红色的猫来到我身边，跳上餐桌蹲坐在杯子旁，这影像和维尼奥莱街上，莫里斯先生咖啡馆的猫重合了。这样的细小片段总是能扰乱我的思绪。

光线开始黯淡下来，四周一片寂静。女主人是否和女孩一起出去了呢？

我将报纸放在前台，对着空荡的旅馆道了声晚安。之后便走上楼去，进了那间半敞着门的房间。

猫睡在床上，我把它赶了下去，没理会它在走廊的叫声，便躺在床上闭上了双眼。

对面的花园里传来低声细语。是一男一女。他们以你相称，语气亲密。两人的声音时高时低，抑扬顿挫。在短暂的沉默后，大笑声中的“不能原谅”四个字清晰可闻。“简直不能原谅。”男人重复道。女人像是对此提出异议，但是说了什么却难以辨认。

我向窗户走去。那对男女正拥在一起。我从枝叶中辨认着两人的身影，女人两条白白的腿挑逗着男人的双腿。一阵微风吹动了他们在树枝后相互缠绕的剪影，一旁漠不关心的狗站起来望向我这边。我向后退去可是吠叫声已经响起。“坐下！”女人发出命令。它便坐下来。周围鸦雀无声，紧接着一声刻意压制的笑在空气里回响，那是被克制的好听的笑声，象征着满足。

在那张纷乱的桌子上，有一张明信片，没有地址也没有名头，上面写着：没时间写了，吻你，乔。黑白的图上是一个消失的马赛老港口，如今早葬在海底，留在浪花的记忆里了。

是个女人写的吗，是他的妻子？或者是个男人，他朋友？我在明信片上找来找去，终于发现了唯一的线索，明信片是上周寄送的。附言里写着：我也没时间过去了。我直接回巴黎。你呢?

他呢?

房间里衣物凌乱，床头柜上堆着的书，以及楼梯角和街上的对话是我对他的唯一印象。椅子上堆着两条长裤，几件还叠着的衬衫，还有团成球的T恤衫，墙角放着一个大包，便鞋和几颗网球，一个文件包，一个装得满满的文件盒，这就是全部了。桌子上放着四颗杏子，一个掌上电脑，几只彩铅，一把小折刀，一些来自昆布兰餐厅的火柴，一期《西部法国》日报的第一页上用红笔圈出了一篇文章。是一个关于海边建造“转瞬剧院”的方案，发起人名叫阿莱克斯·帕斯齐埃。

我觉得自己就站在这发起人的房间里，看完了文章后我更加确定。帕斯齐埃就是这个在书上划出句子的人，就是拥有一个旧的贾兹闹钟、抽黄烟丝香烟的人。能和他一起去看房子着实叫我高兴，转瞬这个词我也喜欢。已经有个句子写了行走让绝望敬而远之，而现在又是这么个朦胧、短暂的词。这就是连接我和他之间的桥梁，对一种真实的许诺吧。

我下楼来到大厅，在登记簿上找他的名字。我们的名字并排写在纸上。两种截然不同的字体。一种干瘪参差不齐，另一种则和门口写错的指示牌是一个字体。

暴风雨带来的闪电照亮了黄昏时分的天空。回到阿莱克斯·帕斯齐埃的房间，看到雨点打在上了蜡的地板上，我关上了窗子，但却不敢开灯。我摸索着，抽出书堆下的最后一本，多亏了它主人已经读完而且暂时不需要它这点小小的运气，我就算是轻轻松松地借走了。转过身去，却看到橘红的猫趴在床上，眼神轻蔑，我把它留在那儿，关上房门，离开了房间。

我的房间不再是粉色了。吊灯的光影为房间笼上了一层怪异的纱帐，并在墙上投下了道道青灰色的长痕。暴雨临近，闪电照亮整个夜空。我拉上窗帘，一边脱衣一边大声念出一串名字，乔赛特，乔西亚娜，乔斯林，乔瑟夫，乔斯，乔尔。“乔”是某个女名的昵称，我对此深信不疑。在钻到花洒下之前，我钉在镜子前，翻来覆去地念叨着这一排单调的名字。

我把一条裙子和一个小本子落在上一间我住的客房里了，小本子上有我探访过的房子的速写、笔记和一些细致的感想，现在打电话过去问问也不算太晚。电话那头的人说要帮我把它们邮寄过来，但我更愿意自己去取，也重访下那条在来之前就多次瞻仰过的壮丽且慵懒的卢瓦尔河。在那里长时间的高温孕育了许多绵延无边的沙洲，沙洲圈出了片片静止的积水，积水潭里倒映着天空，无所不在，小小的绿洲上挤满了喧闹的鸟儿，争夺着为数不多的水域。我赤脚在上面走了几个小时，走到忘了和中介的相约。只想着能有栋身处在这虚无中的房子就好了。为了能消散在这能将河水烤干的艳阳下，我取消了预约。

我决定第三天去取回裙子和小本子。回忆中的景色让我欣喜若狂。然后，我打开那本从帕斯齐埃那里借来的书，可暴风雨笼罩了整个旅馆，我的房间也陷入了一片黑暗。

对面的花园里传来声声尖叫。两个情人在雨中奔跑。奔向对方，直到在避雨处相逢相拥的场景叫我妒忌。

狂风肆虐着百叶窗，那只橘红色的猫在走廊里喵喵直叫。光亮回归的时候，我为它打开了房门。它走进房间，向我投来斥责的目光。电话不知在何处响了几响。自己待在房里，一种孩童般的恐惧突然间向我袭来。我将猫抱在怀里，仿佛听见了父亲唤着伊祖的名字，伊祖是我们的猫，我有时在被窝里对它保证总有一天我会把它带走，带到很远很远的地方，只有我和它，再无他人。

光亮又一次熄灭并又一次迸出。回忆中的伊祖变回了橘红的猫，冲到床底下。我重新拿起那本书去找被划出的句子，但一无所获。在一楼传来开门和关门声时，我看到了书的题词引用的一句话：我们将迎来这个时代的地狱。开关门的是那个女孩吗？是她妈妈？还是那个房间的男人，结束了他那场突如其来的会议？

滂沱大雨敲打着窗子，几个炎热的星期过后，这场奇迹之雨抚平了我内心的隐隐不安，我担心自己不喜欢这最后一栋房子，也担心这场结果也许不尽如人意的疲惫寻找仍不能结束。

我熄灭了床头灯。黑暗里，雨中的窗子格外清晰，路灯发出的虹彩变成了天空的颜色，唤起了些许儿时教理书上的宗教画面，在那里地狱不是布勒东的地狱，而是一位我从信教声明开始就不信奉的神明的地狱。

这时楼梯上传来了脚步声。回忆过去，我父亲习惯睡得很晚，总是在我睡意蒙眬时传来的脚步声预示着一场暴风雨的临近，总是如此，摧毁着我们的生活，让生活陷入一种苦不堪言的境地。他走进了我的夜晚，游荡在梦魇之中，我试图去追赶，但一切都是徒劳，他的啜泣搅得我心神不宁。对于那个年纪的小女孩来讲真可谓悲不自胜。

第二天早晨，当我走进厨房的时候，父亲已经喝完了咖啡，眼睛正盯着报纸的一栏出神，脸上还留着昨夜的痕迹。伊祖趴在他的膝盖上打着盹。看到我来了，父亲送出脸颊，不言不语。我轻轻地在他脸上落下一个吻，但内心却渴望扑进他的怀抱，夺去他手中可能根本没在看的报纸，大声喊出些亲密的字眼。毫无疑问，父亲注意到了我正拼命克制着自己的情绪。他站起身来，端给我一碗滚烫的热巧克力，然后马上消失得无影无踪。我站在这碗热巧克力前不知所措。揉皱的报纸就这么被遗弃在桌子上，从逐渐展开的报纸里溜出了几个铅字字母，哗啦啦的声响扰了伊祖的好梦。

母亲登场了，带着本不该属于这一幕的慌张神色。她叹了口气，圈住我的肩膀紧紧地抱着我——我不明白这种默契的姿势有何意义——然后焦躁地迸出几个关于天气和别的什么的莫名家常话。为了避免和她四目相对，我把鼻子埋进碗里，与其和她沦为一类还不如喝点过烫的热巧克力为好。事情简单明了，她不爱我父亲，对他的痛苦也袖手旁观。从母亲的脸上，我读出了一种无情的耐心，正等着给这场悲剧安个随便怎样都好的结局。当这一天到来的时候，她仿佛变成了个我不认识的年轻姑娘，可惜父亲看不到了。

脚步声从楼梯上消失，接着在走廊里响起。听见响动，猫跑去嗅嗅门缝，挠着木头门。尽管知道这并非父亲那小心翼翼不把地板踩得咯吱作响的脚步声，我却不知道为什么自己不敢把灯打开。他既不会过来对我说时候不早了，也不会对我说我该去睡觉而不是哭着倒在他床上。几年前，在距离这个房间几百公里的地方，父亲长眠在一个村庄的小墓地里，我却不能回去探望。这种思念让我心如刀绞。

父亲死后，母亲过了几年惬意的日子，就好像没有他，她的生活才驶入了正轨。母亲没有掩饰这种惬意，如果我偶尔提起过去，她便会陷入沉默并声称自己什么都不记得了。片刻后，母亲就会迷失在一个无边无际、变幻莫测的世界，她开始跟我谈及父亲，说父亲是我的孩子，又或者说她托付给我的是一个怎样的男人。她完完全全忘记了我们的生活，那些个在她盘上发髻戴上琥珀项链，穿上套装拿起手包，披上裘皮领子，耳后点上夜巴黎香水之前的早晨。母亲有种无声电影女演员般忧伤的美，苗条，白皙，一颦一笑间透着种绝望的气息。她不喜欢被人看到起床时的模样，她会把金色的头发梳得服服帖帖再出门，然后到美术馆去，用她那戴着手套的指尖轻轻滑过美术馆里的小玩意儿，在蒙特耶蛋糕店里品杯茶，然后在街上游游荡荡找点乐子。

最后精疲力竭地回到家中，系紧提花格子布围裙，打开收音机，和着收音机里皮雅芙、德内、蒙当的歌唱。

最终，她开始在花园深处放纵自己，在灌木丛甘美的野性气息中，在她怀着激情栽培的花圃的香气里，变成了放荡的女人。她任自己被玫瑰刺抓出了血痕，躺在深深的草丛里。从远处看，我望见她嗅着泥土的味道，抓一大把在手里，满足地爱抚，这都是未曾给予父亲的抚摸。母亲满身泥水，带着贪婪的神情回到家中，一个人坐在桌边，咬一口奶酪，喝一口酒。即便我在场，她也会一动不动，保持几分钟沉默。在我看来，她正竭力抑制着自己狂喜的情绪，以至于全身颤抖，不能抑制。

脚步在我的房门前停下，门外传来一股黄烟丝的味道。猫发出低沉的呜叫声。雨突然下得更猛烈了，衣橱的镜子里映出对面楼房的屋顶，仿佛波涛汹涌的海，海面上漂浮着我幼时房间的家具和我的父亲，他手中晨读的报纸就像一张鼓满风的帆，海面下传来母亲的声音。

猫不停地叫着，显然是想亲近门外站着的人。这时门栓发出轻微的咯吱声。一道狭长的微光在黑暗中出现，让猫得以冲进走廊微弱的光亮中。

最终他们都离开了，我的视线又回到衣橱的镜子上，忽然间我看到母亲浮出水面，向我走来，手里攥着父亲的报纸，赶来通知他的死讯，那神情和看到一宗天气预报无异。要穿深色衣服这件事听起来也和天气不好要备雨具一般稀松平常。我的母亲总是自有一套原则。

当雨势缓和的时候，对面屋顶上的一切也逐渐消失，我再一次打开床头灯，读起了借来的那本书的头几页。但字字句句却把我的思绪带回到另一桩事里，另一段时光中，我又听见了父亲的脚步声，为了不独自入睡，父亲正找着伊祖，而母亲正抱怨着生活中的悲苦和百无聊赖。我有时会下床帮父亲找伊祖，然后和楼梯角的母亲擦肩而过，她正把猫圈在怀里，嘴角挂着一种莫测高深的微笑，投来个我根本不会理睬的眼色。我一把夺去她怀里的猫交给我父亲，这种感觉好似给一个孩子掖被子，而这个孩子在不确定别人爱他之前是不愿入睡的。我才是个孩子，总是这样做叫我爱得疲惫不堪。在没听到父亲的鼾声之前，我再也不能入睡。有时候，我会问自己，是不是从那时起，猫就在我的生活中占据了重要的位置，而对于那些它们喜欢探秘到清晨的夜晚，对我父亲来说却恐怖的夜晚，这些猫又能记得多少呢。

尝试过许多次之后，我还是读不下去那本书，没有一页能吸引我的注意，我最终选择放弃，沉浸在突如其来的寂静中，房也寂静，街也寂静。寂静粘稠地附在我的皮肤上，我轻轻的呼吸声在这无边的静里颤动着。一些短促而又徒然的想法告诉我，该花点力气想想明天的事了，明天得去说服中介的人把房子借给我几个小时。每次在这个环节上总会遇到点问题，但这是最后一次了。

我起身穿上裤子和衬衫。踮着脚走出了房门。一盏晦暗的小夜灯把走廊照得昏昏沉沉，从房间里漏出的光圈出了帕斯齐埃的房门四边。他也没睡。我屏气下了楼梯，然后深深地吸了口院子里新鲜潮湿的空气，黑暗中，檐槽里的水滴答作响。一阵简单的单调旋律从一扇敞开的窗子里溜出。我来来回回地踱着步，直到瞥见窗边的女孩以及一个年轻男孩矮胖的身影，他就站在她背后，两人离得非常近。女孩梳的不再是马尾辫，背带裙也不见了踪影，她裹着大约是床单的东西，长而密的秀发散落着，一束一束倾泻在双肩和胸脯上面。我装作什么都没看到，继续来来回回地逛着。窗户却被粗暴地关上了，显然是冲我而来。

当我准备回房的时候，帕斯齐埃的房间在走廊昏暗的光线中显得影影绰绰。回到房间，我在这狭窄的居所里走了几圈，被夜幕吞噬的房间让我睡意全无。交谈声从一楼传来，是那位母亲，还有一个男人，声音低沉沙哑，显得很有权威。之后，两人便分开了。

我走过去打算拉上窗帘，年轻女孩裹着被单的身影出现在眼前。布料掠过她的曲线，上面一定还残存着那个男孩双手的余温。我思忖着，当男孩拥紧她的时候，女孩还会不会无所谓地撇撇嘴，而她母亲会不会在那个嗓音低沉的男人面前还是那一副疲惫的模样，第二天清晨，母女在厨房里相遇时，又会交换怎样的目光。

我从包里翻出了父亲的手表，自打从母亲的抽屉深处找到它开始，我就时刻带在身边。当时那个放它的盒子里还有父亲的复员证明，一张四十年代的巴黎地图，一张1943年5月13日发放的农业及供给部门身份证明，以及一份告知我出生消息的电报。现在所有的东西都在我的箱子里。

我将手表放在床头柜上。自我旅行的几个月来，表的指针都指向8点27分，黑色的秒针总是卡在数字2和3之间。指针的静止就像是时间的暂停。我重新躺下，熄灭了床头灯。

父亲坐在办公桌前，在透写纸上画来画去。他那总是有点肿胀的手指这时就会变得灵活而细腻，每一笔都精确无误。父亲擦去笔迹，推开圆规，接着是尺子，抬起头，离他画的那些房子远一点，然后又俯下身重新埋到图纸里。伊祖总是坐在高凳上，眼神追随着绘出街道的线条，神情冷冷淡淡，又或者倔头倔脑地窝在父亲正绘着的图纸上，惹得父亲露出笑容。在赶走伊祖之前，父亲总要等几分钟，然后再温柔地把它推开。

他们之间的关系叫我艳羡，对于儿时的我来说，比起变成圣诞老人我更想变成一只猫。但我并不怨恨伊祖，毕竟它是我与父亲间珍贵的一员。我喜欢它，它也知道我对它的喜爱，兴许就因为这，看在我对它爱得真切的份儿上，伊祖也有点儿喜欢我吧。

有时候，父亲会飞快地把在眼前跳动的一缕不听话的头发向后一甩。这是一个生动的动作，年轻，富有活力。他的颈背略显粗壮，双肩有些沉重，一脸疲惫地埋头在描图纸里，纸上画的都是要向那些个倔脾气的村民说明的：整合土地和引进先进生产力将给他们分散的地块带来多么翻天覆地的变化。有两三次，我曾陪着他去游说村民。父亲最怕的是男人们良好的洞察力和女人们的沉默。那些责难的目光让他局促不安。这期间，我们会坐在农场的大桌子旁，吃些火腿和大块的面包片，喝点菊苣咖啡，苍蝇会在头顶打转，然后降落在桌子上。

有一天，为了说服一个不安的村民，午餐结束后，父亲将他带到新土地上，向他证明那里确确实实有个泉，而那些土地都将属于他的农场。在村民瞪大的眼睛下，棍子在他手中转动，手表在链子的一端左右摇摆。我在学校说父亲是个魔术师，他们深信不疑。

我曾看到他坐在办公桌前，身后的书架上塞满了各种各样的地图册以及建筑学的书。皮质的扶手椅上布满了伊祖的抓痕，父亲总是把一件老旧的羊毛背心丢在上面。这个扶手椅就是他在深夜，远离我们时，孤形吊影的地方。有时，父亲会允许我在这儿待一小会儿。每次，我都会叫他为我指出叙利亚，那个战争开始时他所在的地方。他仅仅是把粗粗的手指点在地图上，然后对我说："现在，是时候去睡觉了。"我总是很不满意地走出房间，心里疑问着，接下来他要在那儿做些什么呢？

之后的好一会儿，我会从锁眼往里窥视，想亲眼识破这个秘密。我希望能发现什么蛛丝马迹可以指引我，让父亲离我不再那么遥远。但是他却在眼前消失了。

当门里传出他哼唱的曲子时，我狂笑起来，有时唱的是：月之骑士跳起棕色华尔兹……要么是：当夜幕降临，在巴黎桥下……全都不在调上。

父亲有时候会把尺子、铅笔和圆规统统丢在桌子上，抱起伊祖，打开窗子，和它说上一段时间的悄悄话。因为外面的噪音，我听不到他在说什么。从那时候起，他就不再抱我了，是因为我已经长大了么？或者我不记得了，但我又怎么会不记得呢？

当他离开书房的时候，我悄悄地溜进去，盯着那些错综复杂的图样，这些画出的地最终都会迎来第一批弗格森牌拖拉机，父亲会向那些困惑的村民大肆夸耀整合土地的好处，好像他会从中受益一样。他曾断言说，那些书房海报上的美洲农用机很快就会涌入我们的乡村。看着它们巨型昆虫般的外表，我忽然明白了村民们为什么保持沉默。这样一来，牧场和田野就会被汽油和热机油的味道覆盖了。

在那些地籍图的下面，我找到了一张房子的草图，还未完工，那些房子都隐在潦草的风景里，房子的秘密在一些难以辨认的标号下显现出来。这些房子看着都差不多。我觉得这都是在模仿我的笔迹，在不做作业的时候，我总是会涂出一个歪歪扭扭的房子，头上顶着一个乱糟糟的太阳，房子的两侧是一些大得离谱的树。尽管不敢告诉他，但这足以证明我们之间有一种秘密的关系。我也想像他一样，眼神充满神秘。所以我把我们的关系默默藏在心里。

有一天，在一堆草稿下面，我有了意外发现，那是一幅宗教画，但是父亲是个不折不扣的无神论者啊。图上的圣女在光晕中，俯身朝向三个祷告的年轻女孩。画的背面，是某个费瑞卫神甫谦逊的题词：

“圣洁的玛利亚，在光辉的时日里，请不要忘记大地的忧伤，请用仁慈的目光望向苦难中人，望向那些与困难抗争之人，他们的双唇仍旧浸在生活的苦涩里……”

那时候，父亲和母亲刚吵完一场比往常更激烈的架。对付父亲，母亲可是毫不费力，仅仅是一声冷笑就能将父亲击垮。在父亲含含糊糊的话正说到一半时，她突然发作，将东西打落一地，砰的一声关上门离开了，留下一脸窘迫的父亲。

不知道为什么这段往事让我重新清醒过来。于是我再次打开灯，读完了那整整一本书。

书中的主人公是个被二战阴影纠缠的男人，故事渐渐讲述了他回忆中一些阴影。随着情节的发展，一开始，我对他产生一种怜悯，但后来发现主人公的心路历程似曾相识。但和他不同的是，我无论何时都不会觉得要为战争负责。战争开始时我刚刚出世，但书中的画面却历历在目，惴惴不安的沉痛夜晚，冷冷清清的街道，僵硬的面容，眼底无声的绝望，寂静中传来的脚步声，宵禁后全城骇人的寂静，轰炸前被好似星辰的亮光叮咬的夜空，这些场景我都依稀记得。

随着故事的发展，一些蛰伏在我记忆深处的画面忽地重现。母亲牵着我的手走在街上，突然，德国人的巡逻队迈着紧密的步伐出现在眼前。我感到母亲的手紧了紧。可我呢，却对那些德国人的阅兵式和戎装喜欢得不得了，他们的步伐在城中回响，仿佛是骇人的旋转木马发出的。我总是兴奋地朝他们奔去，拍着手，迎着这令人振奋的景象。这回，我挣脱了母亲，但她很快将我抓住，一边摇着我的身体一边低声怒骂着，发誓我会得到应有的惩罚。德国士兵中的一个向我们走来，看着我说“jolie”①，这个有点尖锐的声调叫我想起了每当夜晚他们在城里巡逻时所哼唱的曲

① 法语形容词，意为：漂亮，美丽。

子。不知道是不是因为这个原因，我说话前就会唱歌了，就好像语言首先是一种音乐，它的韵律要比包含的意思重要多了。

当主人公试图去理解将邻居带入集中营噩梦的一连串悲剧时，他感到了不安，觉得自己该为此丑恶的行径负责。这一幕让我反复想起有一晚，轰炸笼罩下的小楼地下室里的情景。过了很久很久，我都以为那个场景并不真实存在，而是来自一部电影，或者是一场难以释怀的梦魇。但是有一天，还年少时，当我把这一幕讲给母亲听的时候，她惊愕不已。原来这一切都是真实发生的，不可思议的是那时我才四岁！

却记得一清二楚。

我和父母属于第一波下到地下室的人。那时的天空被不寻常的光亮照亮，我把他们叫醒。所有的房客都聚集到了昏暗的地下室里。他们身穿睡袍或睡衣，摸索着来到地下室，紧挨着彼此站着。这些人有的蜷缩在木头堆旁，有的站在煤堆旁或是土豆堆边上。外面，街道在震颤，夺命风暴的光亮照进了地下室，掠过每个人的脸庞。

一道闪光突然将这些好奇的可怜人拖出了黑暗的避难之所。亮光照出了一个德国士兵的身影，他怀里抱着一个女人，我认出这个瘦女人就住在我们楼上，虽然年纪轻轻但却面色蜡黄。女人的脸埋在她情人的上衣里，而她的情人一脸的惊恐。

惊讶凝固在所有人的脸上。"一个德国鬼子！他得出去，让他出去!”

有些人并不赞成，这个男人在那儿什么都没做啊!

一个女人反对赶他出去，其他的人也同意她的说法，“在炸弹下面冒险，非炸死他不可!”

“说这话的都是他的亲朋!你们要为此付出代价!”其中一个人嚷道。

那些黑暗中争吵的声音在我脑海中盘旋，我并不希望这个德国士兵被赶出去，外面是那么危险，所有人都想从这种没日没夜的战争威胁中解脱出来，它让生活变成了不安的冒险，变成了一场逃亡，一天又一天，一个漫漫长夜又一个漫漫长夜。这个士兵和所有在街上冲我微笑的人毫无分别。我知道他们唱的曲子中的几首。我不愿看到他走。

最终，他留了下来。每一次爆炸都在我们头上抛下一片瓦砾雨，楼上传出阵阵闷响，喊叫和呜咽在地下室里响起。我蜷缩在父亲和母亲中间，紧紧地夹在两人热乎乎的怀抱里。其实比起炸弹的轰鸣，我更加害怕大人们的泪水。平静回来了，每个人都回到自己房间里去查看损失，将两个小情人遗忘在潮湿的阴暗角落。这之后，没人再在这栋楼里看到过那个士兵。那个住在楼上的年轻女孩也不见了踪影。二战之后，她被拉到了我家附近的广场上，剃光了头站在一群同样光头的女人中间，在人群的欢呼中承受着辱骂。

我知道这些古旧的回忆里就藏着我要寻找的东西，只不过时至今日都难以接受罢了，幸好，这些东西在渐渐浮出水面。我摒弃了心理咨询的那一套，以一种不寻常的方式，在各个房子间做着旅行。当我的思绪在它们斑驳的墙壁上游走时，我的内心得到了极大的宽慰。明天的走访是否漫长旅程的终点呢？我暗自确信。

房　子

不论大事小情还是平地风波，该来的总要来。有时候生活就是如此，在一堆幸与不幸的事件中穿行，在相聚与离别间徘徊，被一些我们总是毫不在意的细枝末节淹没。我们盘算着生活何时才能走上正轨，一切变得触手可及，皎如日星。等啊等，却越过越糊涂，但在这段时间里，生活没有停止它的脚步，依旧飞逝着，每天，生活，或是死亡总会对我们说：来吧，别找了，歇歇吧，我会接管一切的。终点的那一天不认识我们，我们也不认识它，只是知道它会突然降临，先是隐藏在世间的喧嚣中，悄声而至，只为猛地一击，旋即飞快地将我们死死擒住……

他在庭院里等我，坐在桌子旁，我想跟他说这桌子是我的，我昨天坐的。橘红色的猫伸展四肢，原本正寻觅着从公共花园的树枝间滤过的一些阳光，却一下子抬起头用它赤褐的眸子望向我，那谴责的目光就像它在小主人腿间来回穿行被我逮到时一模一样。

旁边的桌子上有一个咖啡杯和一杯橙汁。我坐了下来。帕斯齐埃笑着告诉我得去厨房里自己动手准备咖啡和面包。女主人和她女儿还在睡着，所以他只能自力更生。

我走到厨房。面包片就摆在烤面包器的旁边，保温杯里的咖啡还热着，桌子上摆着一排果酱：有覆盆子的，黄香李的，和甜瓜的。在等待面包烤好的时候，我从帘子后面观察着帕斯齐埃：他抽着烟，面向阳光，闭着眼，伸个懒腰，摸索着他的杯子，喝一口咖啡，接着吐出一口烟，再喝一口。这缥缈的场景在空气中浮动。怎么才能抓住它？我感到一种酒醉似的眩晕，这样的早晨是一个开始。

面包烤焦了。我带着保温杯，回到了座位上，准备享用咖啡。他仍旧坐在那里，面朝太阳，闭着眼睛对我说："在它重新燃起来前，我得偷点儿暖。"

窗户打开了，正是昨夜那扇。窗前的男孩打着哈欠发出猫一样的声音。女孩用手臂圈着肩膀，从这里只能看到她散落在男孩胸膛的发丝，和伏在男孩茶色肌肤上雪白的手。然后，她抬起了头，我们四目相对。我向她示意，却没得到回应。也好，反正她还没开始一天的工作。

他们两人从窗前消失了。帕斯齐埃，这个一直面朝阳光的人，俯下身对我说他一点都搞不懂这个女孩。"我也不懂。"我说。他转向我，询问我那本从他那儿借来的书怎么样。我红了脸。他笑了，站起身，一边向厨房走去，一边轻描淡写地说道："每个人都是一个谜，不是吗？"接着他又说："您什么都没吃呢，跟我一起吃片面包吧。"

我很想吃一个。到拉皮耐德需要二十多分钟，我们还有时间拖拉一会儿。我听到他在厨房里叫嚷着发现了留在桌子上的烤焦的面包，这情景哪像我才到这儿几个小时呢。

帆布鞋发出的咯吱声从房子的某个地方传来，猫听到后跳起来闻声而去。是那位母亲，面色憔悴却风韵十足，她裹在一件旧旧的晨袍里，晨袍衬得面色有些苍白，整个人显得无精打采。她把她的小淘气抱在怀里，简单地向我打了个招呼。帕斯齐埃在厨房里询问她是否需要咖啡，她同意了。

帕斯齐埃吹着口哨，把餐具摆弄得叮当作响。她则有点心不在焉地和猫玩耍着，把猫围在脖子上，学着猫叫，之后像平常那样拖着脚步走近，没看我一眼便坐在帕斯齐埃的桌子边，表情和初见我时一样，看这架势还是别去搭话为妙。昨晚的那个声音沙哑的男人会突然出现吗？倒是有个男人出现了，只不过是帕斯齐埃托着托盘走了过来。

“我是不是很厉害？”他把咖啡和面包放在桌子上，笑着问。女人笑得有点勉强，这让我想起了她女儿的撇嘴，也是一样琢磨不透，搞不好和我揣测的意思恰恰相反。

“我来这儿的两个月前，在早餐方面得到了肯定，这倒是给了我不少勇气。”他看了我一眼，接着说道：“除了早起，我也没别的长处了！”女人咬了口面包后点了点头。帕斯齐埃尔就没继续往下说了。

阳光照在我的脖子和背上。水泥地砖开始烤着脚底，上面的无数晶体闪闪发亮。旁边的花园里散发出草被烤热的味道，水龙头的声音里夹杂着一个孩子的咒骂和愉快的叫声。为什么我们这里的安静充满了隐隐的不安呢？是因为昨晚记忆中的父亲不断地出现，却没有看我一眼也没有和我说一句话吗？还是因为我能给母亲讲的故事总是那么一个，而她的，我们的，他们的故事，我却一无所知吗？还是带来不安的是我和这个男人将要一起参观的房子呢？

暑气袭来，我站起身，他转向我，于是我问他："为什么'转瞬'？"

他愣了一下，接着喝光了杯子里的咖啡，起了身。

"走吧，"他说，"我们要迟了。"

去年十二月我去看了第一栋房子，房子坐落在一片被寒气和白雪冻结的乡下土地上。车辆都得装上防滑轮胎才能到达那个小村庄。记忆中那里的景色洁白无瑕，许多道路都藏在积雪下，多亏了两旁植的树木才能辨别。中介的女员工专心致志地开着车，一路也没和我说话。偶尔地，我会对她离谱的车速和在无常路况上危险的乱刹车提点意见。她倒是没什么不满，也表示很愿意把方向盘移交给我，当然都只是说说罢了。

小村庄里，四栋房子簇拥在一起，四周没什么生气。下车后，能看到房子的百叶窗微微敞开。我们踩着积雪，把最后一座谷仓甩在身后，向待售的房子进发，差不多走到树林边缘时，脚下的路勾起了我对另一条乡下小路的回忆，还有一些声音，这些盘踞在脑海的东西叫我漏听了女员工指着花园时说的话。

我为花园的美惊讶不已，员工重复着告诉我，前房东是在秋天去世的，他一直专注于修整花园直到最后一刻。

进入房子后，员工一边冷淡地背着介绍词，一边把上上下下的所有窗子都打开了。这种事不关己的态度说来也没什么奇怪，她干的活得靠碰运气，到了冬天运动量也不小。我在壁炉前踱来踱去，听着她的介绍。两条石制的长椅围着炉子，炉子里面仍旧散发出一股强烈的煤灰味。房间空空如也，除了一个塞满柴禾和旧报纸的木箱子。

我们俩上了楼。卧室的窗户朝林子开，窗外有些朴朴实实的松树，几棵栗子树。室内雪白的墙壁映着皑皑白雪，把我们浸在冰冷刺骨的光线中，我继续闲逛着，从一扇窗走到另一扇窗，从一间房走到另一间房。在最大的一间卧房里，遗弃着一张铁床，上面铺着床单，被子，还有一条巨大的缎子压脚被。我坐在压脚被上，看到的只有蓝得发紫的天和雪白的墙，像一块巨大的、纹路无章可循的背景布。女员工有些不耐烦了，心里记挂着一个七公里之外的约会，所以我们说好，她把我载到巴士站台后就可以离开。

我对她说："您走吧，我在这儿等您，反正我今天也没什么别的房子要看。"她一脸惊讶，盯着我反驳道："这可不行，没这规矩。""我知道，"我接着说，"就这么定了，您也不过离开两三个小时，我跑不了，再说这儿也没什么好偷的，不是吗？我得熟悉下房子，自己在这儿待会儿去了解它，听听它，在林子里走走什么的，重新看看，总之就是试用下……"

女员工眼神里写得明明白白，她觉得我疯了，觉得我是那种从来不掏一个子儿的神经病，随处转转只为让人以为这人既有消费计划又钱袋子鼓鼓。她迅速地翻了几遍记事本，看了眼表，便头也不回地离开了卧房，对我说她两个小时后回来。

发动机的轰鸣渐远，寂静又回到了身边，我下到一楼，点燃了壁炉里的火。坐在石长椅上向外望去，乌鸦掠过的轨迹下面，尖端雪白的森林沿着山坡而上。壁炉里火焰的热度刺着我脸上的皮肤，木柴越烧越小，好闻的味道充斥着鼻腔。

窗外，老狗又吠叫起来，回忆开始在脑海盘踞。我曾在小道上听见的那些声音，渐渐靠近，把思绪带回到那个花园。

那个夏天。

邮递员将自行车靠在栅栏门上，为了乘凉，他走近椴树下的桌子，接过别人递来的一杯酒，喝了一口，然后把背包拽到肚子前，轻快地微微抬起帽子，秃脑壳在帽子下冒着汗。那天是几月几号我仍记得清楚。邮递员将一封信交给玛德莱娜，她愣了愣。原本，叉子碰撞的声音和低语，与孩子们的嬉笑声一起围着桌子旋转，突然间，一片寂静里只剩下胡蜂寻找谷仓正面盘绕的常春藤时，拍打翅膀的嗡鸣。

玛德莱娜打开黑色边缘的信封，读罢信，她把信交给尤勒。桌子周围，所有的动作都凝固了。邮递员把帽子往下压了压，直到看不见他的眼睛。他举着杯子，却不敢放到唇边，而是放下杯子，踮着脚离开了。之后，尤勒开口说道："这是没有他的第一个夏天……"

"说什么第一个，以后也再不会有了！"玛德莱娜嘶吼着，"再不会有是因为……"

"别在孩子面前说这个词，不合适！"尤勒揉皱信纸，打断道，"安德烈叔叔去了很远的地方，我们再也见不到他了，这么说就够了……”孩子们听罢离开桌子，接着去玩了。

我当时就坐在尤勒旁，吸了口气，说：“我想让他回来。”母亲示意我该去和其他孩子一起玩，但是我却一遍一遍地重复着，声音也越来越大：我想让他回来，我想让他回来，**我想让他回来**！

草地深处，安德烈叔叔捂着耳朵，他总是说我嘎嘎的声音能钻进他的脑袋里，他还说我如果能在他身边坐一会儿，就能懂得这万籁俱寂的世界。我当然随时待命。

在他那顶属于突尼斯岁月的太阳帽下，我努力辨别着安德烈叔叔的双眼，他冰蓝色的眸子观察着周围，并能让它们重现在纸上，哪怕最小的细节都没放过。我盯着他的手指，动作间粉笔屑会附在上面。纸上的线条模糊了，幻化成了影影绰绰的田野，天空，和地平线，和我记忆中的画面相似，朦朦胧胧地，融在夏日的热浪里。

像玛德莱娜口中的“再也不会”会不会和帕斯齐埃的“转瞬剧院”不谋而合呢？

安德烈叔叔就是一个谜。除了夏季那短短几天之外，没人知道他在哪里。所以他这回走远点兴许也没什么值得不安的，这种乐观可解决了我童年时期的所有问题。我经常听他说，倘若有一天他不在了，别担心，也别去找他。他还说，“我禁止有人为我伤心，就这样！”不过，他的突然离去，对于外祖父尤勒的离去，以及多年后我父亲的离去，都是个预兆。本应放在信箱里的信件结束了我还以为永远不会结束的椴树下的早餐时光。

趁母亲心不在焉时，我离开了桌子。在她的心思里，一直渴望成为一个乡野女人，但也从未实现。她试图在我们狭小的城市花园里营造乡间的氛围，却从不肯真正地触摸冰冷的泥土，也不肯在苦涩的秋雨中感受自然。这个女人真正想要的，是她终将承受不了的放荡生活。她拒绝和父亲一起做乡下巡游，可见她并非渴望乡下，一切都是空想。她向来对我们的晨游漠不关心，也从不坐在池塘边享受自然，而是选择和邻居们保持距离。也许母亲在用自己的方式去享受悠闲的时光吧，她也不会对那栋被卖掉、抛弃、在新主人手下变得面目全非的房子有什么悔意。对我来说，母亲总是待在一个地方，那便是我的那个小镇。最远的旅程，最陌生的外乡话，也只不过是那条记忆中的小路，那一点罢了，在那里，母亲的影子透过橡树的枝叶，正等着我飞奔过去。

狗不再吠叫了，壁炉里的火也渐渐熄灭，我动身向林子走去。记得以前，和尤勒在拂晓时分去采蘑菇时，也能闻到这股浓烈的腐殖土和树皮的味道。那时候，靴子、小刀、面包片和水壶便是我们的全套工具。尤勒走在前面，鲍勃在他身边，我们推搡着跟在后面，队伍中有放假的小不点儿，还有邻居农场家稍大点的孩子。经过狼穴时，总能体会破旧狼窝带来的恐惧的快感。我们想象着一只藏在干草堆里的狼，摒弃了毫无意义的你争我夺，转而学会享受安宁和日光浴，时不时去逮只鸡尝尝。尤勒的口吻像是位友人，我们真怀疑他是不是经常来这儿走动。

尤勒手杖不离身，对真菌极有研究的他会为我们指出一些分辨不出的菌类，那时我们就会一股脑地向它们冲过去，总是能有新奇的发现。他教我们辨别有毒的品种，也很乐意告诉我们一些富有诡异美感的学名。休息的时候，我们围坐在他身旁，听着鸟儿吟唱，这会儿尤勒告诉我们，这是什么鸟那是什么鸟，然后一一品评，有时候他还会给我们讲讲拉封丹寓言。在他二十岁的时候，尤勒走向了一战的战场，但是一场肺病却让他退了下来。我不知道他是否还记得被绞痛折磨的岁月，也许早就从记忆里抹去了吧。

我走啊走，双脚陷入粉状的雪地里，咯吱作响，伴随着记忆中的那些声音，那些面孔。尽管两只鞋子踩得泥泞不堪，寸步难行，呼啸的寒风还是赐予了我乘风的翅膀。天色渐暗，汽车喇叭响起，伴随着沙哑的犬吠，中介的女员工回来了。

我完全把她抛在脑后了……

她不喜欢火，不喜欢我偷闲，也不喜欢我叫她等，自己却理所当然的样子。我对她说，这房子不适合我。她却坚持追问为什么不适合。于是我把不满意的地方列了出来：壁炉太大了，花园太小了，还有，可惜林子不是橡树林。她听了后笑得厉害，点了根烟，然后嘭的一声关上了车门。一路上我们什么也没说，窗外的景色浮动着，若隐若现，远处的光点缀着天空，像磷火一样舞动。我昏昏入睡，就像从乡下回来的小孩子，精疲力竭，恍恍惚惚地陷入奇妙的瞌睡里。当我们到达城里时，女员工建议我不要再去向中介申请别的房子了，自然不会，第二天，我将会坐上一辆火车，去往另一个地方。

我们的车已经离开旅馆有一会儿了，“基鲁那是瑞典北部的一个小城，”帕斯齐埃对我说，“我在那里看到了一个绝妙的东西，是一幢冰城堡，全部用冰砌成，当然了，我看到它时是隆冬，是个奇人建的，一个诗人。春天的时候，城堡就会一点一点融化消失。城堡还没融化时，他就开始向我解释城堡漫长的末日，似乎是为了真的到那一天时，能够有所防备，不至于觉得过度可惜，要么就是刚好相反，融化恰恰是作品的中心思想，那时，我突然明白了一件事，一件我一直忽略的事，或者说我没有完全重视的事，那就是一切瞬息万变，稍纵即逝，万物弹指间便会灰飞烟灭。我很遗憾不能亲眼目睹这绝妙的作品在阳光攻击下渐渐融化……这就是‘转瞬’的由来。现在我只相信一切都是暂时的，这让生活在我眼中变得更加宝贵。在遇到这个人之前我没有真正意识到这点，那时这个想法有些模糊，有点飘忽，有些……您能明白我的意思吗？”

他不会知道我有多明白。

我问他，那他的剧院怎么体现所谓“转瞬”呢，和建筑材料有关吗？他说材料是木头，夏末时分会在大潮中寿终正寝。他说过几天可以带我去看，刚好能赶上剧院淹没在潮水中。可再过几天我就不在这儿了。“那明天，”他说，“我会尽力让你能想象出它的模样，但还是得再加上点浪潮吞噬它的想象，就会很真实了。”

我问他是否打算亲眼看看浪花吞噬的情景，他转向我，反问到：“您觉得呢?”

我觉得自己提了个傻问题。

拉皮耐德是个偏僻的地方，位于两个海滨浴场之间。我们驶过一片松林，头顶的阳光奋力突破重重围障射下来，却只在松枝下滤出点点光亮。林子的尽头渐渐潜入了一条炽热的分界线，那是大海。我们越向它靠近，就越显得反而是它向我们奔涌而来。

这栋房子几乎建在沙滩上，就隐一座在沙丘之后。我看到有个人在等着我们，他站起身来，当发觉我不是一人时似乎有些吃惊。这个男人向我们走来，替我打开了车门。我向他介绍帕斯齐埃，说他是位给我提参考建议的朋友，听起来是种让人提不起劲儿追问的关系。

我俩走进了房子。其中的一间房就建在沙滩之上。两个巨大的窗口朝向露台，窗外的日光涌进屋子，反射在雪白的石板地上。尽管地方不大，但却给我一种从未在别处得到过的惬意感。墙壁有时会像一面魔镜，映出摇曳的过往。

“这是光的海洋!”我大喊着。帕斯齐埃回过身来冲我笑，说他可不想哪天遇见海达·高步乐。当我们发现彼此都对易卜生的作品欣赏有加时，那个员工正试图把我们的注意力引到布局精巧的厨房。

我俩走到露台，把手肘支在栅栏上，这感觉就像在甲板上一样。这是最后一栋我要看的房子，却是第一栋坐落在海边的房子。站在这里让我有种船只在海上颠簸，出海巡航的感觉。远方的帆船像一只只滑翔的海鸥，海浪拍打沙滩，发出雨声器般“沙沙”的声音。

其实关于剧院我还有个问题，但没有说出来，我找不到合适的词去表达，并且越是快要讲出来就越觉得和自己旅行的意义背道而驰。但我也不是那么确定。

“建一个东西，却为了看它被抹去，这样对么？”我的呼吸随着渐近的浪花起伏，海浪的沫子在阳光下闪闪发亮。我们的目光没有交汇，他饶有兴趣地盯着我。而我因为没得到任何回应，便重复了一遍问题。他笑着说：“我是要现在就回答呢，还是您再等等，等亲眼看到这个作品后，我再用更加明确的方式解释？”当然，我欣然接受了后者。他只是告诉我，这就像是一幅风景作品，掌控在天意和自然力之下。

“您是做什么的，我是说您做什么工作的？”他问。

那个男人来露台找我们了，还有一整层没看呢。两间卧室，一间浴室，浴室的落地窗朝向一个小阳台，直面大海。每间卧室里都有个壁炉和一架旧炉子。男人话很多，兴致勃勃地谈论着前几任房东，他很肯定地说这房子原来是给一个政界要人金屋藏娇用的，对方是个女影星，两人有不正当关系；更早更早之前，这儿住过一个老退伍海军军官，和一个男青年有令人不齿的关系，这一对一直饱受周围人的非难，直到被赶走。不过男人对上任房主倒是没什么评价，据他所说，那就是一对普普通通的情侣罢了。

当员工兴致勃勃地讲着浴室管道布局的时候，我小声回答帕斯齐埃道：“我看房子。”“这是工作？”他趴在我耳边问。“是个烦恼。”我说。

他咯咯地笑了。趁男人不再说话的空隙，我赶忙问起是否可以给我几个小时，去适应下环境，欣赏欣赏不同时间段的光线，熟识各个房间布局，听听墙壁能讲述怎样的故事。男人呆呆地看着我，这一幕似曾相识。不过他顿了几秒，说，我要怎么归还钥匙呢。

“如果我下午来接这位女士，我们就可以直接把钥匙交还给中介。”帕斯齐埃建议道。我看了看他，他向我示意了一下男人吃惊的表情。也许就是因为他的建议，才让员工接受了我的提议。员工会心一笑，把名片和钥匙交给帕斯齐埃，便离开了。

现在，只剩下我们两个人了。帕斯齐埃背对着大海，我则背靠墙壁。淹没整个房间的光亮刺得我有些目眩，逆光里，他那边缘模糊不清的剪影，渐渐风化在大理石地面散开的光晕中。

九月，海潮卷来水母，气泡似的漂在水上。本应去照顾父亲的我和母亲站在沙滩上。从我们到这里开始，父亲就整天整天卧在床上，昏暗的卧房里充斥着汗水的味道和一丝倦意。他不吃不喝，白天则头晕不起床，医生找不到病根，母亲说那是为了糟蹋首次海滨假期的托词，要知道这可是她不断要挟上司，不屈不挠讨来的，还得多亏了我的康复期。我们在父亲的床边摆了猫垫子和饭盆，让伊祖留下来陪他。

当我和母亲赶潮返回时，清凉的海风携来盐粒撒在皮肤上，和海浪抗争过后，我们胃里空空，四肢灌了铅般沉重。我们有时会跑到薄饼屋，吞下两三个薄饼，也不说话，各自为别墅里即将到来的可怖夜晚愁苦，我们租了十多天，可是十天就漫长得仿佛永远。

晒过的褐色皮肤让她有种野性的美。她不梳在城里梳的发髻，而是披着头发，时而缕一下，胡乱地用梳子勾一下，却怎么也驯服不了那些倔强的发丝。

我花了很长时间去研究她的身体。那些微小的细节，比如一颗美人痣，还有因为我太胖而导致她皮肤受损，留在大腿上的一条妊娠纹，都是引起她不快的对象。沙滩上，我们穿着泳衣，一个挨着另一个躺下，这种突如其来的亲近诞生了我们之间别样的关系。这种既不是亲密，也不是爱的关系，对我来说是一片新大陆。她的身体和我的身体，曾经有过长达几个月的共生，我们相依为命，除了十月怀胎之外，再无瓜葛。我们彼此是那么陌生，我没办法对这种冷漠的关系追根溯源。也许就在我离开她的身体来到世上时，她就忘了我们曾经如此亲密吧。

走在沙滩上，她髋关节的摆动幅度和在城里时一样，站立时也是同样有些僵直，有些造作。我注意到一些皱纹在侵蚀着她的身体，忽然间让她显得那么脆弱，却依旧动人。有时候，我尽力压制自己想碰触她的渴望，只是胆怯地用手指轻轻擦过她的皮肤，她便会一惊，用奇怪的眼神看着我，问我怎么了。如何解释我的渴望呢？我想要两个人拥在一起，紧紧地，不必开口，我想要两个人相识相知。但这是不可能的。这些痴心妄想和父亲绝望的呼号不谋而合，当真是既丢脸又痛苦。我唯一有权做的接触就是在她的背上抹上琥珀防晒霜，我却害怕去做，就像这种接触会把我带回到混沌中去，带回到她温热黑暗的腹中。

最后一天，父亲和伊祖一起消失了。我走进他的卧室，一切井然有序，床铺好了，衣服也带走了。不用说他一定是顽童一样跨过窗户，从花园里溜走，手里拿着箱子，怀里还抱着猫。他的离家出走让母亲精神紧张，不过我为此高兴，因为父亲可以避一避家里的暴风雨了。

母亲又回到了那一副表情，冷冷的，她决定从此彻底摆脱长时间困扰她的根源，那个男人，我的父亲。开始，她禁不住要喃喃低语：这下可少了一个大麻烦！后来则意识到，如果对父亲不闻不问便可能背负见死不救的指控。不要说生病，逃走更是会加重病情。于是她决定上报父亲这个病人的失踪，在去警察局的空当，她把我一个人打发去海边。

我在父亲的卧室里搜寻着，搜寻一些给我留下的信息，既然是只留给我，我自然跟谁也不会说。我把房间翻了底朝天，掀开床垫，拉开抽屉，看看床下，翻翻报纸，但是一无所获。他走了，全然忘了我。

一天早上，海浪比以往更高，水母搁浅在沙滩上。我只身一人，阳光开始穿透海雾。几只狗相互追赶着，孩子们兴奋地玩闹。他们来回奔跑，朝着凶猛的浪潮发出尖叫，海浪就这样在欢乐的叫喊声中高高地跃起。

我想加入他们，却怕被母亲看到，她一定会当着所有人的面斥责我，因为这会儿实在不是在海滩上玩耍的时候。我闭上眼，任阵阵潮水、嬉笑和犬吠把我带走，眼前出现了父亲走在荒凉大道上的情景，后面跟着伊祖。

“你妈妈在等你。”头顶传来一个男人的声音。我睁开眼睛，无法分辨他隐在逆光里的面孔。

“妈妈？哪里？”

“那边。”

一辆轿车停靠在海滩旁，里面坐着母亲，她冲我挥了挥手。我急忙穿上衣服，跟着这个人坐进车里，他坐在驾驶席上。后排的车座上放着我们的行李，车子驶向了火车站……

我不知道为什么我和母亲要坐在这辆车子里，和这个男人一起。渐渐地我发觉，他们两个似乎互相认识。母亲会时不时地微微转向他那一边，他也会做同样的事。他们的眼神没有交流，但是在这个将他们彼此分割的狭小空间里，交谈是多余的，有两三次，我和这个男人通过后视镜对视，他并没有多作理会。我盯着他，问："爸爸呢？"母亲低声地回答我："回去再说吧。"

到车站后，他将两个包递给母亲，握着她的手，仿佛世界上只有他们两个人。他没看我，也没要车钱就离开了。我不敢去提醒母亲车钱的事，因为我知道，这一定有个合适的解释。进站之前，母亲转过身，我也转过身，但是车子早已消失得无影无踪了。

父亲坐在长椅上，脚边放着箱子，伊祖卧在他的膝上。他看上去很平静，也没有倦意。看到他，母亲在站台上僵住了，她命令我待在她身边。母亲总是把我算在她的阵营里。但是我径直跑到长椅前，紧紧抱住父亲。父亲抽动嘴角绽出一个微笑，但却渐渐变成了哭丧的表情。

所有的人都看着这个站得笔直一动不动的女人，美丽、孤傲地盯着铁轨的方向，嘴里重复着：过来，快点。父亲似乎笑了，身体直颤。伊祖不满地抗议着来自外界的干扰。我们的火车晚点了。我站在原地，心想着要是母亲能挪动一下，到我们身边来就好了，这样也不必在众人面前上演闹剧了。但是她还是一动不动地站着，我和父亲噗嗤一声笑出来，接着一老一小两个捣蛋鬼毫不顾忌地发疯狂笑。

“现在不是水母的季节。”我说。帕斯齐埃点燃了一支烟，走向露台，手遮着阳光望向大海。

母亲站在站台上。最后，她终于选择放下行李，无视我和父亲。我们俩的狂笑也慢慢平息了。我站起身，试图让母亲加入到我们中来，尽管不大可能，但还是渴望能平息这场战役。父亲肩上扛着伊祖，手里拎着箱子，跟着我来到母亲身边。他抑制着嗓子里的笑声，我紧握着他的手，试图让父亲停止，以免误了这场外交。我站在两人中间，竭力想把他们推向彼此，强迫他们拥在一起，却是白费力气。三个人就这样钉在站台上，谁也不看谁，仿佛彼此都是陌生人，绷着身体，渐渐陷入沉默，哪知沉默一连持续了几天，不过对海滨假期念念不忘的这几天很快被我的夏令营取代了。

“我们还是去看看吧。”对于水母，帕斯齐埃建议道。翻过沙丘的时候，我萌生出了一种偷越边境逃亡的错觉。就像是父亲、伊祖和母亲登上火车，我却一人站在站台，得到了解放一样。帕斯齐埃和我登上一块软绵绵的沙地，我们的双脚陷在沙子里，像两个探险家在外星探险。他手里提着鞋子，大步流星。沙滩上再无旁人去关注这看似再普通不过的两人，一人追着一人的脚步，却怎么也追不上。大海在耳边轰鸣。我闭上了双眼，回到了八岁那年，我和其他小伙伴们奔跑在一块又一块礁石间，那时捡拾的海星最后全都烂在了口袋里，我们还搜集蛤蜊，趁辅导员不注意的时候吞吃下去，捡来的墨鱼骨被刻成可怕的小玩意儿，最终摆在慈善义卖会的摊子上。

帕斯齐埃越走越远，他的身影透过热浪飘忽着，时而在阳光的反射下变得近乎透明。我对自己说，如果他走进海里，就会回来找我，如果他没有，那他就是在骗我，这样我就得自己想办法回旅馆去。他继续向前走着，仿若整个海滩上就他自己一人。我停下来，想赌一下。如果他走进海里，就会回来，回来找我。我完全不知道自己在期待什么，但是他的存在就是能令我安心，仿佛这次我不用再独自一人做决定了，完全忘了自己并不是来买房子的。

他走进海里，返回来，大喊着："没有水母！时候没到，我觉得，得等到海潮，您说得不错。我五点左右回来找您，可以吗？"还没等我作答，他便穿上鞋子，跑到车子那边去了。我喊着："到时候见了！"可是我的话消散在炎热的空气里，远处，他坐在驾驶席上，一只手伸出车窗，摆动着，车子倒回了一点，随即消失在松林深处。

我在浪里走了很长时间。海滩一直那么沉寂。我脱下衣服，把头埋在第一个浪里。起身时，我看到门户大开的房子，像是我的所有物，在等我回家。我跑到沙丘上，从露台钻进房子。它不再是那栋我和帕斯齐埃愉快地来回参观，身后还跟着一个员工尾巴的房子了。炫目的光线消失了，原本在那光线的包裹下，一切亦真亦幻的景象也无影无踪。现在，都变了。

我在房间里一圈一圈地走着，一层，二层。我不能解释这种变化，除非等几个小时后，帕斯齐埃回来，看看一切会不会变回原来的样子。他拿着钥匙，我就是某种意义上的俘虏。多么有趣的念头！

在房子里等一个男人的场景，让我的思绪回到了几个月前，在城郊花园里的时光，那时候，雪白的卧室总是拉着帘子，空气中回荡着诺瓦切克的行板，阁楼里的工程还未完成，我可以时常到马恩河边散散步，跳蚤市场能淘来博夫的完整作品，《我想要一个朋友》得一点一点啃，不然读得太快就会失了情趣。那时候，剧院正上演着一幕独角戏，讲的是一个年轻人被新生的纳粹主义利用的故事。演员的那张熟悉面孔伴随着刺眼的灯光从黑暗中出现，念着苦楚的自白，把我带到那遥远、纷纭舛错的童年，不知不觉中，也带到了他命运多舛的童年中去，那可谓另一种战争。在预感降临之前，要搞懂那些已经离世的奥地利作家笔下的句子究竟要说些什么。

我打开包拿出父亲的手表。记得我还小时，当他从书房出来，或者从乡下回来，总习惯把表放在餐厅的壁炉上，每个晚上都是如此。我对大理石台上传出的滴答声惊奇不已。我向父亲展开双臂，他把我举起，我的耳朵贴在表盘上，指针的跳动沁入我心，在整个身体里回响。

自从我把这块表从抽屉的深处找出来后，我就一直想强迫它停止，强迫它安静下来，可是报复似的，有时候它竟能把我拉下深渊。那些往事，尽管遥远，却总是潜伏在某处，时刻准备迸发出来。

母亲最后一次搬家的时候，我穿过每个房间，曾一个角落又一个角落地，检查每个曾在几年间被她塞得乱七八糟的家具，以确保它们都被清空。五斗橱里空无一物，除了一个藏在抽屉里的盒子。盒子是白色的，原是用来装些不成套的纽扣、乱线团的，我打开它，里面却是许多父亲的东西：一副黑框眼镜，一张潦草的房屋图纸，一张银行收据，他的表，一个钱包，复员证明，一份从贝鲁特发给他的电报，上面写着：女孩，一切顺利。发件人缪勒。我未曾听说过缪勒这个人。

下意识地，我旋动发条。滴答声突然响起，格外有力，秒针无情的旋转让我头晕目眩。父亲死后三十年，他就这样再一次抛下了我。这份苦楚一下子将我吞没。

没跟母亲打招呼，我丢下眼镜，收起那些纸张和手表，小偷似的逃开了。没错，像个小偷一样，我在街道上狂奔，在马路中央错开迎面驶来的车子。一些司机冲我怒气冲冲地指了指人行道，我也不加理会。我不到车站，我只有在这一片打转，然后冲进了一家钟表行，只求能让这块表停下来。店员被我这个荒唐的请求逗乐了，说一般不都是表不走了才来这儿吗。“就像时间，女士，它就是要走，我们无能为力，只有等表自己停下来……”我砰的一声关上了店门。

他怎么会知道时间怎样？他根本不知道手表的意义。他不会知道每天晚上，父亲总是在同一时间回家。每天，我竖起耳朵留意着摩托车的轰鸣，那辆黑色的“坦罗”一在小楼下吐气，我就跑到窗前，拨开窗口的天竺葵，这样就能看到他抬起头找我时的身影了。他走上楼，打卡朝厨房开着的门，把我抱起来，带我来到街上。到那辆摩托旁，然后把我举到车座上。我的母亲，身体前倾，从花盆中探出身来，喊着：小心！父亲坐在我身后，我缩成一团靠着他的身体。

我们跨坐在摩托车上，驶向一段直达车库的斜坡。摩托车在我们身下振动着。我被父亲的双臂包围，鼻腔充斥着烟草和泥土的味道。我们走得很慢，很慢很慢。路程短暂，我还是有种长途旅行的感觉。我闭上眼睛，就像是两个人在一个美好、隐蔽、私密的世界乱闯一般。每晚的约定成了我一整天的寄托，我不停地向母亲询问时间，监听着摩托车的动静和楼梯上的脚步。就这么，等着他。

我没有回程的记忆，也许根本就没有什么回程，有的只是这些飞也似的轻飘飘的时光，它随着这个从异世界来的陌生人降临到我家，这个人，我叫他爸爸。父亲不怎么说话，或是说得很少。母亲原来没有他的生活似乎被这种巨变搅乱了。一些难以言喻的东西打破了公寓里的平静，好像这个人会带来说不清的危险似的，都是因为那些个从父亲嘴里蹦出的词，战争，还有德国人，德国佬，德国鬼子，德国狗，还有些我实在想把它们从脑海中驱逐的词。

那天，当父亲出现在门口，好似有一阵阴风尾随他而来一样，母亲哑然地站在厨房中央。我不记得有没有看到他们两个人相互拥抱了。晚上，我听到他的呼吸声在卧室里回响。渐渐地，在盯着那被阴霾笼罩的天空时，我习惯了这种新的声音。

每次吃饭前，他都会把手表放在餐厅的壁炉上，搓搓手腕，让它放松下来，然后他把我举起来，让我能把耳朵贴在表盘上。手表的小心脏跳动着，我为这个神秘的生命着了迷。我充满热忱地聆听着，却也害怕，担心有天它会突然停下来，而它停下来的那天又会意味着什么呢。我不能让这一天到来，至少不能让悲剧在我眼皮子底下发生，大人不知道，作为孩子，常常对不祥有种莫名的预感。

车站的轰炸结束后，父亲把我和母亲带到了一个乡下朋友的农场里，这个朋友很愿意为我和母亲提供避难所。我们被安顿在一个毗邻农场的小屋子里，屋里仅有几件必要的家具：一张桌子，四把椅子，一张大床，一张小床，一个木制炉灶，一套堆在碗橱里的简单餐具。洗碗槽和地面一样，都是石头的。这是个阴暗潮湿的地方。晚上，我总是逃到母亲的床上。寂静的黑暗包围着我们，父亲的手表疯子似的滴答作响永不停歇，让我难以入眠。脑子里挥之不去的都是地下室的画面和车站旁倒塌的房屋。

父亲每逢星期天回来，来了又走。我不知道他还会不会有时间和母亲一起睡觉，他在这儿也不过几个小时。他留下手表给我以便能睹物思人，母亲把表放在我床边的凳子上。白天，我会把耳朵贴在表盘上，机械轻轻地颤动让我安心。晚上，则恰恰相反，表的响动把我推向空虚，这声音在墙壁间回荡，仿若宵禁时分，城里德国巡逻队的脚步。

我整天跟着农场主们，看他们做活，给兔子喂草，看他们给母牛挤奶，从牛奶里分离出奶皮，做黄油。有时，农夫会把我拉到驾车用的马匹背上，带着我绕着房子转圈。农妇总是把蔬菜带给我母亲，母亲从来不出门，整日听着广播，即便晚上也如此。耳濡目染，我便能记下所有的流行歌曲。星期天，当父亲回来的时候，我们就会去农场喝咖啡，农妇对我很好很好。常常，农夫，他的两条狗，父亲和我，我们会一起去散步。在回城之前，父亲总是用他粗粗的手指旋动发条，把表放在我的耳边，让我能去想念他。他从未忘记这个临行前小小的仪式，除了那一次，唯一的一次。

今天之前，这只表还从未离开过我的包。自从走出抽屉里的白盒子那一刻起，它就一直跟着我。现在，它又回到那个地方了。

三条清晰的水平线在窗框里重叠起来：那是大海，沙滩和露台的栏杆。我坐在客厅的石板地上，倚着墙壁，眼前窗框里的抽象画因浪花无休止的律动而富于活力，岸边的水花刚刚吐出白雾，白雾便会立刻被激浪吞噬。

这次我忘记把手表带在身边，一切已不再像从前。帕斯齐埃会在几小时后来接我，回想过去，我还未曾有过和别人一起看房的经历，何况他还这么忠实地肯来接我。不用问，忘记手表的原因就在此。

一些人影在海滩上出现。其中之一引起了我的注意，那是一个男人，站立着，背对大海，双臂垂在身体两侧，似乎穿着一件长款的深色晨袍。他让我联想到另一个人，那个人站在舞台上，一样的姿势，一身戎装，笼罩在聚光灯投射出来的刺眼光柱里，脸被照得幽灵一般惨白。他念出台词，语句有时会在喉咙里逗留片刻，他的声音里，注满了过往岁月留下的阴霾，虽然并非亲身经历，但他带着感情念了出来，这感情，慢慢地，浸没了整个剧场。

镜子里的城市在燃烧，独裁者的士兵们列队向前……

我只有三岁，仅仅三岁……对我来说窗户太高，若不是有人我把举起来，我将看不到外面的世界……

天气很冷，这就是我最早的记忆……

一些台词仍旧刻在我的记忆中。它们让我心神不宁，它们让那些陈旧的画面浮现出来。

反反复复看过多遍话剧后，另一个士兵的身影出现在我的眼前，他在地下室，曾紧抱着住在我楼上的邻居，甚至有些人还想要把他丢到轰炸下自生自灭。我那时四岁，这就是我最早的记忆，我不知道，也永远不会知道那个士兵后来如何，曾在怎样的困境下求过生存，他会不会想起幽暗的地下室，他曾为怀里受惊的身体取暖呢。和父亲一样，这个士兵从遥远的过去向我走来。父亲和他，他们是不是从未离开过我？

当海滩上的男人转向大海，脱下晨袍丢在沙滩，奔向海浪时，我在想着的那两个士兵的身体像叠印一样重合在了一起。我想起了父亲，想起了满是尘土的破烂站台，想起了在我眼前崩塌的房子。一声闷响，四周劈啪作响，尘烟四起，为我们的皮肤蒙上一层又细又黑的粉尘。破碎的墙壁依然支撑着门和壁炉的一角。在城市死一般的沉寂里，楼梯竖在瓦砾当中，通向天空。这些画面布满海面，在海的幕布上，那个身影依旧在远处嬉水，而演员的独白片段浮现出来：

我幼小的生命无能为力。世界是如此悲凉，未来又是那么死气沉沉……

那个男人终于从水里出来了，他突然停下，直勾勾盯着房子。或许平时门窗紧闭的房子现在却门户大开叫他惊奇吧。我并不在意，他却径直走过来，边走边用晨袍将自己擦干。我本可以起身关上窗户，但却没这么做，我以为不管怎样他都不会走到露台上来。但是我错了。

他重新穿上晨袍，赤着脚，微笑着，显得悠然自得。“您是新房东吗?”他问。“我还不知道。”我回答到。“啊?”他惊讶地望着我悠闲地横卧在地上，简直和在自己家一样。我接着说：“我有一整天来做决定。”“啊是吗?我和之前的房东很熟，我们经常来往，我常去他们家，他们也常来我家，是一对阿尔萨斯人。”“我知道。”我打断他，环顾四周，走了两步，又回到原位。“怎么样，买还是不买?”他笑着问。“现在说这个还太早。”我嘟哝着。“我给您看些东西。”他说着，伸出一只手，想拉我起身。

我跟着他上了楼。他走向一扇窗子，一边推开一扇百叶，一边示意我过去。我们望着大海轻柔地拨动，沉默了片刻，然后，盯着远方，他开始用别样的口吻，向我诉说了一个秘密。

“您在这儿能看到的都属于我，一切。我拥有它们的方式任何人都不能夺去，永远不能。这栋房子也是我的。不论发生什么，这里的每个房间都有属于我的美好的回忆。您得知道这些。”他低声说着……

我什么都没回答，我不明白他为什么跟我说这些，我怀疑自己是不是在和一个疯子说话。他离开窗子，接着说：

“他们离开是因为我。也是因为爱丽丝，我猜……我爱她，爱得那么明显，他们一定也发现了。他们才刚刚结婚，很幸福，非常幸福。也许我也爱他们的这种幸福，您明白吗？是的，我想我爱这种幸福和爱爱丽丝一样多。说到底他们是一样的，幸福和爱丽丝……我第一次看见他们的时候，他们正在搬家。我从远处看到他们忙碌着搬箱子和家具。我建议他们接受我的帮助。就这样一切开始了。之后，我向他们介绍周围的环境，渐渐地交往越来越密切……因为工作的关系，男人总是离家几天，每次他都会把爱丽丝托付给我。我每天早晚都会去确认一切安好。一开始，我只待几分钟，但后来几分钟变成了几小时。最后，我一整晚都待在那儿，我睡在楼下，在沙发上，她睡在卧室。我有时候会上楼，在门后聆听她的呼吸，然后我会回到沙发上，幸福得不得了。爱丽丝她……有天早上，男人回来得比预期得早，可我还在那儿。我睁开一只眼睛，发现他站在我面前，脸色苍白，然后他什么都没说，为我打开房门。我离开了。我希望他们会到我家来听我解释。但谁也没有来。当我发现写着出售的牌子时，他们已经搬走了……”

我等着继续听他说下去，但是他却走向楼梯。我听见了来自一楼的咳嗽。“我就要求您一件事，”他迟疑着说，“别用这间卧房，选个别的，选走廊尽头的那个，对我来说会好受点。”我说：“当然可以。”他便没再说什么了。

为什么他不把我当做是一个参观者，一个简简单单的参观者呢？他走后，我想看看他还会不会回到海滩上，但是他就此消失了。我走进走廊尽头的卧房。它朝向松林。百叶窗是打开的。我站到窗前，发现他就在窗外。他打开车门，看了房子最后一眼。晨袍已不知去向，取而代之的是短裤和衬衫的装扮。看到我后，他钻进车里，发动汽车前，他欠身对我说："我相信您。"我觉得他在流泪。我想告诉他我并没有买下房子的打算，但是他已经走远了。于是，我拉上百叶窗，关上房门离开了房间。距离帕斯齐埃来接我还剩两小时，我决定打个盹来补救昨夜的失眠。

待在松树林的荫蔽下，我打了个长长的盹，这个房子还真是给了我不少惊喜，不知道还有没有更多的意外。如果我想，并且有财力买下它，那么这个男人的不请自来确实让我扫兴，甚至就此打消买下的念头也未可知。有理由相信，房子确如他所说，绝对归他所有。那么，我还有什么勇气住进去呢？我不知道。爱丽丝的存在感太强，感觉仍住在这里。在这一点上，未来的房主势必妥协。或许我的来访没有让他们引以为戒，那么他们就得自己来解决让人震惊的人口失踪之谜了。

我打算把这一切告诉帕斯齐埃。作为"转瞬"这个词的专家，他一定有个绝妙的见解，这样在回程时，我们能谈天说地了。当然我们什么都不会对中介员工说的，不然他一定会把这个故事加到那些已经讲给我们听的故事集中去。

海滩人头攒动。被海浪声吞食的嘈杂，和鸥鸣掺在一起，安抚着我，带我步入睡梦的边缘。忽然，我蓦地惊醒，不知道自己身处何方，也不认识周围曾让我陷入时间漩涡的景色了。随后我镇定下来，再一次朦胧入睡，梦里，帕斯齐埃躺在沙滩上，跟我说他遇到了爱丽丝。

突然降临的骚动将我惊醒。沙滩上胡乱点缀着救生圈、荧光色的泳衣、阳伞、浴巾和遮阳帽，一些人来，一些人又去。五点多了，我搜寻着帕斯齐埃的车子，或许他已经在什么地方焦急地等待着我。但却没能看到他的身影。不过没什么好担心的，我还有时间泡个澡。我起身跑到海边，那里熙熙攘攘，人们相互掷球，把水泼在对方身上，互相招呼着，这股热情直叫我却步。我回过头去，怕万一帕斯齐埃已经到了，好打个手势以便他能找到我。但是松林里平静如常，这时已经五点半了。真的没什么好担心的，一定是在最后一刻出了点问题，遇到了什么意料之外的麻烦，正如他之前影射的那般，遇到了不可违抗的自然之力吧。

我应该回到房子里一会儿，但是比起与爱丽丝为伴，我还是甘愿选择守着松林里那条曲折蜿蜒的僻静小路。盯得太久，我模糊的视线在笼罩树尖的热浪中失了焦点。自行车来来去去，伴随着蜻蜓的轻舞。没什么好担心的，我开始等他。

等 待

对于音乐，父亲没有特殊的偏好，但是音乐一响起，总会让我想起他的种种，至少乐曲忧伤的旋律会让我想起他随时间流逝也愈发强烈的忧伤。然而在他生病的那段时期，我竟然看到他笑了。那是在圣吕克街，父亲对着一个双手在空中不断挥舞的男人开怀大笑。看到两个人同时笑出声来，我不禁悄悄凑了过去。说真的，这不是我眼中的父亲，不是我认识的父亲。以往，他从不笑。尽管他那被药物催胖的背已经有点驼了，那天早上，虽然衰老，虽然动作不够灵活，他的步伐还是像个学生一样轻快。这是另一个男人，我知之甚少的男人。

时不时地，我看到他把脸埋在手里，试图抑制住突如其来的情感。他拍着那个越来越健谈的男人的肩膀，不时后退两步，惊讶地看着他。路人边赶路边回头笑着看看两人。一个女人停了下来，看上去是为了问路。父亲一一为她解答，但一旁滔滔不绝的男人仍引得他笑个不停。

我感觉自己突然闯入了他的世界，一个我从未涉足的世界。面对这个从天而降的礼物，我却惶惶不安。这让我意识到我们之间有多么陌生，一生的时间恐怕都不足以填补这个空洞。父亲每笑一声，我就留下一串泪。也许他知道我在看他，所以有意为之吧。

他们两人握手后便分开了。父亲拐进一条临近的马路，那个男人则向我所在的方向走来。我之前从未见过这个面色灰暗的小个子先生。这么说吧，没人跨过我们家的门槛。我们过着一种合法的地下生活，终日沦陷在漩涡和风暴中。

晚饭时分，父亲说："今天早上我见到贝洛克了。"母亲没什么反应，我注意到这个名字并不是第一次出现在家里。叉子叮当作响，像是一串发声的省略号飞过餐桌，一直飞到点心时间。父亲压抑着从见到贝洛克开始就酝酿的狂笑，说："他离开他妻子了。"母亲突然站起来，刀子掉在地上，发出刺耳的声音。她打量着父亲，用非常严肃的语气说："不要再跟我提那个蠢货了！"这可不像她平时说的话。甚至是在最气愤的时候，她说出的话还是存有一份冷静，大不了就是些严厉的语句，或者小小的长音罢了。

这个母亲也认识的贝洛克给了父亲自杀般的勇气，他像在圣吕克街上一样，满脸笑意。"你平时可不这么说话。"父亲把脸埋在盘子里，嘟哝着。母亲把洗碗槽搅得叮当直响，顿了一下，接着转过身一个接一个地把盘子摔在地上。一个贝洛克竟能引起如此大的风波。那年我十四岁，总是自问，是什么让一个男人和一个女人在晚上共享一张床，像我父母那样分开睡挺不错，这让一切回归最原始的状态，因为在我的印象里，从未有过那种温馨的情景：星期天早上，孩子跑来父母的卧室，分开相拥着的父亲和母亲。父亲和伊祖睡在只够放床的凹室里，而母亲一直享有红木装饰的卧房的使用权，这间卧房不论父亲还是我，都禁止入内。她每天会梳妆妥当，故作优雅地从卧房里出来，直叫人怀疑她到底睡不睡在里面，她会不会像普通人一样缩在毯子和压脚被下，会不会把头埋进枕头里，会不会在黑夜中安然睡去呢。

我的父亲，毅然决然地走向悬崖绝壁，他又说了两个词，但声音小得母亲和我都听不见。我试图捕捉父亲的视线，但他盯着盘子笑得阴阳怪气，我觉得，是这个笑彻底激怒了母亲。她站在父亲身前，命令他重复刚才的话，但他没照做。父亲抬起头，表情柔和极了。“就算这样我还是很喜欢贝洛克，”他平静地说，“他是个不错的人。”这句话刺中了母亲，她的身体摇晃起来。在这令人不安的沉默中，父亲平静地给了母亲猛烈的一击，“他是个不错的人。”他一字一句地重复着。母亲镇定下来，扶着墙，面色苍白。代替最后的反击，她猛地摔上了厨房的门，走了出去。我一直认为他们的婚姻生活一团乱麻，直到全家共赴勒克鲁瓦希克海滩的那天。

父亲这么愉悦的表情再没出现过了，这片刻的轻松是那么易逝，所以我一直把它深深地刻在脑海里。那天早上，圣吕克街上景色宜人。我正赶去学校，内心充满疑惑和焦虑，有一个关乎人生的问题一度纠缠着我的少年时期。尽管没人告诉我，但我知道，父亲没有被疾病宽恕，病痛仍旧折磨着他。一个人得到了多少的快乐，背后就有多少的苦难在等着他，就算幸福来得叫人费解，残酷还是会如约而至，这就是事物的双面性。

每当我走上圣吕克大街，父亲的笑声就会响起，让我直打哆嗦。那天天气真的不错吗？不管怎样，我第一次看见那样的父亲，一身轻松，容光焕发的父亲。我不知道，贝洛克和他，他们为什么而笑，这已经不重要了，一切在那一刻都是那么的合乎情理，对于即将到来的死亡，父亲视死如归。

几年前，在勒克鲁瓦希克，当父亲坐在火车站的长椅上时，有没有猜到另一个男人正想着母亲开车离去呢？那时候，拼命遏制住的笑憋得他止不住地颤抖，也打扰了伊祖的好梦，这个笑便是圣吕克街的笑的前奏。生活，总是能如此这般追根溯源。

海滩上的人渐渐散去。远处的别墅勾起了我的一些念头，但又说不上具体是什么。孩子们不想抛弃在浪花里砌出的作品，正试图阻止沙堡的缓慢下陷，不过被黑夜掩埋才是它们的归宿。远处，高脚屋前的渔网已经放下。帕斯齐埃的剧院大约是受了这些建在桩基上的简易窝棚启发吧。既然又想起他，那我就再特许他迟来半个小时吧，就半个小时，半小时后若不到我就步行离开，直到找到一间电话亭，然后告诉中介这儿出了点意外。但是这儿有电话亭吗？我记得小旅馆的年轻女孩说，拉皮耐德什么都没有。现在看来也不算完全说错。

我迈着大步，走到孩子们身边，他们完全没有注意到我，正专心于和浪花做无用的抗衡。我捡起一枚忽然出现在眼前的鹅卵石，但一握在手里，鹅卵石就变得毫无意义。我走到一个小姑娘旁边，坐了下来。她正忙着用手臂在沙堆上掏出一个隧道，并没有马上发现我的存在，当她注意到我时，便停下挖掘工作对我说："我从另一边来，很远的地方。"我问她既然这里这么远为什么还要来。她看了我一眼，没回答，继续她的挖掘。"你叫什么名字？""爱丽丝。"她一边挖，一边轻轻地吐着气。我忍不住问："真的吗？"她转过身来，用清凉凉的大眼睛盯着我，表情格外认真。我冲她笑笑以表歉意，接着我说："我叫安。"

我们两人安静地待了很长一段时间。我时不时回过头去，试图猜出是哪个大人陪爱丽丝一起来的。但在周围，我没有和任何人为此视线相对。小姑娘耐心地继续着手头的活儿，干劲十足，嘴里嘟囔着一些不知是什么的词，似乎有鼓劲儿的功效。尽管瘦小，但她小小身体奋力挖掘的样子叫我感动。我想起了一些儿时的小心愿，但那些美好的愿望最终都随着时间的流逝散去了，我还想起那片水母搁浅的海滩，在那里我忍受了长久的孤独，也从未停止失去母亲。

小姑娘忽然嚷起来："下面有另一个海！下面有另一个海！"她朝着十几米外的一对男女飞奔过去，边跑边重复着那句话。男人笑着把她揽在怀里，对她耳语了几句。她钉在那儿，显得不知所措，看来这个世界比她想象的要复杂得多。女人趴在沙滩上，一动不动。我站起身，走了几步，回头看到爱丽丝正看着我，我们俩轻轻地挥了挥手，告别了彼此。然后她陷在父亲的怀里，看着浪花渐渐向她的隧道推进。

高脚屋前的渔网都浸在水里，一个男人正准备拉起其中的一张。见他登上小屋，我险些向他请求能否让我加入收网工作。我的双眼追随着他的一举一动，看他把捕到的虾放到桶里，然后在另一个网子上重复相同的一套动作。沙滩上，几个桶高高摞起。远处的天和海混为一体。男人看到了我，于是向我走来，给了我一捧透明的虾米，我实在没法拒绝。他看着别墅对我说："瞧，又要有人住了。”“不。”我回答道，“我只是来看看，花一天时间想东想西的。”“要我说，别买，这房子里发生的事都没什么好结果。”我反驳说我从未动过买下它的念头，他冲我笑笑，又给了我一捧虾，然后离开了。对于这些虾米，小旅馆的女主人大概会做给帕斯齐埃和我吃吧。一定是在院子里用餐，那时候我一定问问他那个剧院是不是一张架在海面上的巨大渔网呢，是不是也会像抓虾米一样去俘获观众呢？

我们会聊到易卜生，也许会说说霍尔瓦特笔下的士兵，那为什么不也说说地下室的那个士兵呢，还有那本我借走的书，就是它让舞台上的身影挥之不去。爱丽丝会钻进我们中间，有那个穿晨袍的男人向我倾吐的爱丽丝，还有个小女孩，在我儿时遥远的小镇里，在我痛苦的回忆中，投进她父亲的怀抱。

如果，他坚持要知道我是做什么的，我就列出一个完整的清单，上面写着我形形色色的工作，连最不起眼的活儿也要写上，其中我二十岁时做的高级轿车送货员的工作一定能叫他眼前一亮。当时我负责陪同司机送货，每每向人讲述出征德国、瑞士、卢森堡的经历，总能叫人艳羡。

那段时期，我穿着套装和高跟鞋，金色的秀发披在肩上，身材高挑。有时候跟母亲描述我的旅程，就会引来疯狂的妒忌。我下榻高级酒店和奢华别墅，肥胖的阔先生和黝黑的纨绔子弟在那儿盼着他们日思夜想的轿车。除了充当花瓶，我没什么任务了，就像蛋糕上的红樱桃，但是酬劳却高得惊人。

那时，没人预料到六十年代会出现一个历史性的五月，而我的旅行也就此止步。在街角和工厂大门，人们高歌最后一场战役，追随着理想，却不知道理想已经远去。我开始发展自己的能力以维持生计，做过秘书，校对，卖过玻璃首饰，甚至为酒店守过夜。除了这些，还有帕斯齐埃知道的看房的事儿。

没再看到小爱丽丝了。但愿黑夜把她带到了梦想中的遥远海岸，海的彼岸吧。低垂的太阳掠过地平线，海滩看上去绵延无边，渺无人烟，安静极了。我闭上眼睛，沉浸在一波一波海浪柔和的序曲中。我搜索着脑海里霍尔瓦特写的台词的片段，想晚饭时说给帕斯齐埃听。倒是真的想起了一些：

> 我的心是墨色的大海……
>
> 我们周围，深渊张开双臂，海水在下面嘶吼……
>
> 亲爱的先生啊，个人不计在内……

在微弱的灯光下，舞台从现实中剥离。演员站在舞台上，一动不动，在阴影里若隐若现。轻轻的铃声划破黑暗，被大海的声音掩埋。台上模糊的人影周围空无一物，有的只是深邃的夜，战争中的深夜，纠缠着作者的深夜。当第一句话打破寂静的时候，我感到坐在旁边的人身体微微颤动，这种微小的战栗压抑着巴黎一家剧院的小小剧场，再看丝绒座椅的血红颜色，突然就变得别有深意。

深邃的念白，低沉的旋律，让每个音节都产生了奇特的共鸣。我深陷其中，仿佛剧中人物面对着充满危险的命运。台下一双双眼紧盯着台上身影朦胧的士兵，一具具身体倾向舞台。在残酷的迷途前，天真和爱情都消失得无影无踪，他站起身来，把自己献给了寒冷的冬夜。战争欺骗了他，战争把他带到了地狱，在那里渐渐燃尽了他的信念。但当他意识到这点时却为时已晚。他走在雪上，黑暗正在将他吞噬。

那段时间，每晚我都去看这出戏，第三次时，地下室的那个士兵突然出现在眼前。他的影子在舞台上游荡，我是唯一一个能看到他的人，也是唯一一个懂得他想找回那位年轻女士的心情的人，我知道，她是被护在臂弯里的女人，那时炸弹袭击了城市，地下室有些人想把士兵赶出门去。不论是台上还是地下室，都有着同样的昏暗，同样的微光，同样的等待，以及同样对救赎的渴望。

我决定留到最后一刻，每每地下室的士兵身影出现时，都不会就此抹去台上的那个士兵，相反二者融合成了完美的一体。台词越熟悉，我就越觉得演员就近在眼前。他触动了我的内心，直达记忆深处。

有一天晚上，我在大厅里等他。我坐在最阴暗的角落里，躲藏在焦急地等待着包厢门打开的人群之后，我有些话，一些不落窠臼的话要对他说。在漫长的等待中，我发现自己对戏剧的爱就像对情人的爱一般。作为观众，被台词和演员的独特魅力吸引，不正像是两个相识相知的人坠入爱河吗？不正像是把我们带离尘世、带到隐秘的二人世界的那种情感吗？不正像爱情一样，在难熬的岁月里，迎来充满魔力的话语带给我们的那难以言喻的幸福吗？

我像等待一个情人一样等待着这个男人。生和死的问题真是让人迷醉又觉得可怕。怎么做才能避免和他用平庸的模式交谈呢？我能否简洁地表达自己的想法，不带私情，但是却能表现出那种将我吞噬的感情呢？我对他一无所知，但却觉得自己能洞穿他的灵魂。他的精湛演技把剧本里的人物带到大家面前，带到我的面前，掘开了埋葬已久的记忆，侵入了我的生活。很多女士和我一样，都在大厅里等着他出现。我忽然想起了一句他昨天忘记说的台词。

包厢的门终于打开了。他发现眼前聚集的人群如狼似虎，便一个转身作势要逃，滑稽的动作引来一阵哄笑。人们向他涌去，拥抱一个接一个不停，把他推向我所在的角落。但我一动不动的反应令他惊讶不已，甚至怀疑是否抛在脑后的工作找上门来。

我突然开口说道："昨天您忘说了一句话，但今天却没忘记。""哪句？"他显得有些狼狈。"'众所周知，女人是个邪恶的必备品。'"我说道。他听罢调侃着说："那肯定是因为我的那位就在那儿吧，我不认识她，但她认识我，她啊，我可得当心！"

那时候我并不住在巴黎，只是受命于一家广告代理公司出差此地。尽管不比从前，但晚上还是自由的。于是我决定延长出差的时间享受自己的生活。每天晚上，我都会去剧场看他笼罩在战争初年苍白的光晕中重生。终于，一个周末，我被告知工作结束，丢了职务。一分钱也没拿到。不过这对我来说无关紧要，想想看，每天晚上看完剧我都会把台词记下来，然后花一整天来回想，甚至把自己关在酒店的卧房里足不出户，一点也不想出门看看这个我爱的城市，如果我把这些说给经理听，那可真是毫无意义。我甚至差点把记着台词的小本子当做结算报表寄给公司。我觉得这段日子才是我真正的生活。

初夏时分，有天晚上，演出结束后，我们一起去看他市郊的房子，那是他刚刚买下的大面积半成品，带着一个无人照料的花园。第二天我便在那儿住下，一住就是好久。我有个任务，就是让花园恢复生机。晚上，他为我读小说。其他的事变得不再重要。那时候，真实的生活和剧本里的世界交织在一起，让我陷入混乱。

冬天悄然而至，新的角色登上舞台，但我的心里却生出几缕疑惑。巴黎灰色的天空下，花园变得悲伤。每每漫步于此，我都会看到花园深处的恶魔离开后，衣冠不整的母亲满足的神情，但也是这个恶魔为她带来痛苦，使她开始厌恶花园，正如怨恨一个曾给过我们幸福的人对我们弃之不顾一样。

在市郊的小房子营造的安静氛围中，为了找回最开始几日的光明，我背下了所有他曾念给我听的剧本，当差不多全部牢记在心的时候，我动身回到了外省……

死亡，掠走了安德烈叔叔，也带走了外祖父尤勒，十六岁那年，它又再度降临到我身边。

首先是伊祖。它几个月不曾出门，既不再跳到父亲的膝上，也不离开猫窝。我的父母像原来一样，各自忙活着自己的事。伊祖有时候会守在房门口，禁止任何人进入。过去性情温和的它开始变得暴躁易怒。

一天夜里伊祖死了。伊祖死在父亲身边，或许父亲还陪它走过了最后的时光。我和母亲看到他打开卧室的门，捧着伊祖僵硬的尸体走出来，目不斜视地穿过门厅，步伐缓慢，直达花园尽头，开始挖坑安葬伊祖。

我走到父亲身边，他却不停地铲起又一锹土，完全无视我的存在。伊祖平躺在草丛里，若不是对鸟鸣熟视无睹，若不是毛色失去了光泽，谁又知道它已经走了呢。父亲把它捧到坑里，盖上土，才肯把视线转向我。在他眼里，我没有看到悲伤，却有种难言的绝望，这绝望叫我想起很早以前，乡下的一个星期天，那个打破平静的星期天……

几个月后，父亲随伊祖去了。从伊祖离开后，他就再也不下床了，不吃不喝，不停吃着安眠药。放学后我会待在他身边，尽管母亲说这样会打扰他休息。要是像以前，母亲根本不怎么注意他。我怀疑她只是想把父亲从我身边夺去。这种想法比夺去伊祖更强烈，比抵抗她女儿的爱更强烈。不过她的确快做到了。

父亲总是昏睡着，沉睡的面孔叫我害怕，当他醒来时，我会伸出手抚摸他的额头，像是面前躺了个病孩子。床头柜上的手表发出微弱的滴答声。这不是他放上去的，是我，表针虽转，但时间却变得没有了意义。

我不大和他讲话，只是抚摸着他的手。他从来不跟我说些父女间该说的话，我也学会了怎样处理好这种沉默的气氛。

最后几个月，在他病着的时候，有时我会独自潜进他的书房。母亲把钥匙藏了起来，但是被我找到了。我监视着她的一举一动，然后潜进那个被冻结的小世界。我摆弄着削尖的铅笔，翻着建筑学的书，嗅着旧椅子上裂开的抓痕，在草稿堆里乱翻。在里面，我发现了一张图，上面画着一个大房子，面朝大海，沙滩上有个女人的身影。那是妈妈?

当我翻东西时，伊祖的毛会在空中飞舞，纸张和墨水的味道依然还在，那是浓浓的黑色墨水的味道，每次当他完成一项工作时，墨水就会飞溅在卷得厚厚的透写纸上，浸透了一张又一张。父亲死后，这味道许久都挥散不去，我甚至会忍不住打开门重温书房里的味道。

有时，我会一动不动地坐在书房里，试图重现父亲坐在桌边的一幕，画面中的父亲摆弄着铅笔，有伊祖陪在身旁。想到这，泪水不禁涌了上来，缓缓地，安静地在眼眶里打转。我任眼泪在脸上流淌，这是我对一个男人隐隐的爱，但这个男人却悄无声息地走了，留给我的只有沉重的默然。

一天，母亲决定要清空这间没什么用的屋子，为她的花园客厅腾出地方。她迫不及待，在一股强烈愿望驱使下开始了工作。要清空房间，得把建筑学的书理好，还得收拾记录父亲秘密的独自旅行的地图集。整理的时候，我们惊奇地发现了一些巴黎酒店的地址，还有他在叙利亚的照片。照片上的父亲年轻帅气，躺在一间营房的床上。不论是母亲还是我都不认识照片里的其他人。其中一张照片吸引了母亲的注意：照片上父亲的表情放松又平静，眼神迷离，手里拿着一本书。在他旁边，一个同伴盘腿而坐，正在阅读。一把带刺刀的步枪隔在他们两人的床铺之间，在父亲床头的墙壁上，用图钉固定着一些照片，但是看不清拍的是什么。年轻的父亲的影像深深烙在我心上，像是一个裸露的伤口，在沉默和失去他的日子里，刺痛我心。

在建筑学的书下面，我找到了两本欧斯金·考德威尔的小说，一本是《烟草路》，另一本是《小墓地》，倒是从没见他读过，我只见过他买《读者文摘》看。发现母亲想把他们扔了，我赶紧收起两本书，又拿了些草图回去贴在我的卧室里。草图共有三十张，上面画了三十栋完全不一样的房子，除了那张海边别墅的草稿上画了个看向远方的女人外，其余的都没有人的踪影。画上的女人似乎在等一个迟迟未到的人。这副充满隐喻的画像是个谜团，似乎是父亲用他独特的方式留下的线索，等待着我去解密。我想这是让我在某天，某个地点前去赴约的讯号。

父亲去世时我正在学校上课。母亲并没有赶来通知我父亲的死讯。显然在她发觉父亲已经离开的那一刻，没有任何悲伤想与我一同分担。在毫无预警的情况下，我还为他买了一袋糖豆。那是父亲的最爱。每天放学，我都会带回一些零食，或者一朵公园里摘的花，一张明信片，又或者一只按上去会喵喵叫的玩具猫，这可把伊祖吓得够呛。我悄悄把东西交给他，他再把这些宝藏藏在床垫下面。有时候，我会有一种怪异的错觉，似乎在照顾一个老小孩。

那天，我跑到他卧房门口，打开门，挥动袋子。父亲已经穿戴整齐。在昏暗的光线下，我努力分辨着他的模样。靠近床边时，我听到了秒针转动的声音，却没能听到父亲的声音。我把手表放在床头柜的抽屉里，然后跑到了花园深处，赶去通知伊祖。

我不想参加葬礼，我不想被母亲揽在怀里，看她为做样子而在我肩膀上哭泣。我不想听别人对我低声叮咛："现在你母亲她需要你，你长大了，要懂事才对……"我从葬礼逃离，登上火车，奔向童年的池塘，这里父亲从没来过。看来不止夏天会夺走我身边的人。

冬季，天气寒冷异常，我站在浑浊的池水前瑟瑟发抖，水里映出了外祖父尤勒和安德烈叔叔的倒影。老房子已售出，新人抹杀了旧景：砍树，把花园开膛破肚，粗略抹去墙上我喜爱的皱纹和污迹。我不想看到任何人，我只想独自去怀念我的父亲。

我从不在他的墓碑旁做这种事。并非不喜欢墓地，而是更想找到能接近他的方法，尽力去洞悉他眼中流露的点点滴滴，比如战争年代的那个遥远的星期天，父亲跑到我们乡下的避难所，气喘吁吁，脸上手上都是血时，在想什么呢……

海潮汩汩，掠过耳畔。我想起了西尔维奥·达尔佐笔下的泽林达，那是我在市郊小房子里最后听到的几个故事之一，其中有句话，我把它视作一个讯号，父亲催我上路的讯号：

> 在一个特殊的情况下，完全不同于其他的情况下，若是不伤害别人，能不能获得早些离去的特权呢？……是了，就是自杀。她解释道，平静得像个孩子。

每个星期天的早上，农妇都会去教堂礼拜，她戴上帽子，穿好黑色的大衣，大衣扣子在她凸起的肚子前绷得紧紧实实，回来时总是带回一个热乎的面包圈和一些糕点。在她去教堂的时候，农场主会把我抱到耕地老马苏丹的背上。我喜欢抓着马鬃，骑在马脖子上，随着它的步伐摇摆。马身上汗液混着干草的味道很好闻。它的肌肉在短粗的皮毛下滚动，巨大身体展现出的力量让我久久不能忘怀。我不知道，是不是对享乐的渴求驱使自己随着它的节奏，在飞逝的几个小时里，嗅着淹没我的时而柔和时而强烈的味道。

我们沿着牧场前行直到河边，一路上能看到些牛羊。苏丹的蹄子踩在小路的泥土上，时不时被路上的小石子绊一下。我什么也不怕。因为我知道，回程时摩托车会出现在谷仓前，这意味着我能吻上父亲扎人的脸颊了。

但是，那个星期天，当我们回来时，摩托并没在谷仓前，院子里压根没什么摩托的踪影。这是父亲第一次迟到。我跑到门口，投到农妇的怀里。她总是伸出一只粗糙的手，摸摸我的脸，叫我小宝贝儿。这是个温柔的女人，闻起来有奶牛和凝乳的味道。她把我带到马厩，对我说："不要哭，我的小宝贝儿，我有个惊喜要给你。"马厩内一个巨大的篮子里，睡着一只小猫，据农妇说，是在麦秆底下发现的，于是就做了我的礼物，她把小猫放到我手上，这个小小的灰白色毛球正发出呼噜噜的声音。我马上把它命名为比祖，并飞也似的跑出去想拿给母亲看，还得抓紧在我床下做个小草垫才行。

父亲迟了几个小时才回来。门开的时候，我正和母亲两人坐在桌子旁。我看到他脸上都是血，衬衫上也是，手上也是。一条长长的伤口劈在前额。他停了一会，好像在等着被允许进屋似的。泪水顺着他的脸颊流淌。我没力气站起来扑向他，但是这个想法是如此强烈，以至于我不能自制地喊出声来。

“摩托，”他话没说完被母亲就被母亲打断，“出事故了？”母亲问。“不是，他们抢走了。”“谁？”“那些混蛋，游击队，说是要征用。”“然后呢？”母亲追问道。“我们打起来了，但是他们带走了它。”说完他开始放声大哭，啜泣声把比祖吓到了床底下。“去洗洗，你吓到孩子了。”母亲说。他把头伸到水龙头下，脱下衬衫冲洗，躺到床上前，他用毛巾给自己做了条绷带。

混蛋这个词像个疾病一样侵蚀着我的身体，慢慢爬上心口。这是我第一次从父亲的嘴里听到这个词。之后，他变得行尸走肉一般，从此一蹶不振了。

和农场主还有狗的散步取消了，但我们还可以在农场里喝喝咖啡，吃吃糕点。我发现在父亲对农夫们讲的话里，经常出现游击队这个词。我不知道他们在说什么。而农场主似乎不大认可这个嘴里一直重复着“混蛋游击队！”的人说的话。几年之后，我问他："你认识他们吗？那些抵抗运动成员？"他停下正在画着线条的手，回答道："有一天我会告诉你的。"他不知道，时间正在无情地流逝。

傍晚，农场主该载父亲回城了。几个小时里，他静静地坐在椅子上，盯着路看，好像在等什么东西，也许是他的摩托，也许是抢走他摩托的人。晚上，农场主来找他。我想跟他一起走，可他什么都没说，只是默默地流泪，我只好把他圈在怀里。母亲打断了我和他亲昵的举动，她让我站到凳子上，以便过会儿能目送车子远去。我看着那条荒无人烟的小路，伸向远方，伸向战争。我跑到床下，抱起比祖，抱着它穿过院子，送给我父亲。我把什么都给了他，只求他别再流泪。

父亲忘了在临行前给表上发条，手表的沉默让我难以忍受。为了阻止我哭哭啼啼个不停，母亲只好让表重新运转起来。一段时间后，母亲和我，我们回到了城里。那只小猫换了名字，改为伊祖。父亲把它原来名字里的打头字母 B 摘掉了。他摘掉的 B 是幸福这个单词的缩写吗？

我忽然觉得自己躺在一张床上。是走廊尽头的那间卧房，透过打开的窗户，可以看到松林。震耳欲聋的音乐从楼下传来，不时夹杂着几声哄笑。我觉得自己似乎随着海浪的律动到达了另一个空间。

敲门声过后，一个男人踮着脚尖走了进来，身后跟着楼下的嘈杂，嘈杂中偶尔能听见有人在说话，但我却一个声音也分辨不出。男人的脸我并不陌生，感觉是个多年未见的旧相识。是了，就是他，我一点都不感到惊讶，因为我们一直都是这样相逢。从一开始，我们就从不做什么约定，而让偶然来决定两人的相遇。这是一种很奇特的体验，就像在时间轴上点上了透明的点。

他在床边停下，问我为什么会在这间卧房，为什么不选对着海的那间。我说："因为爱丽丝，我答应别人了。""哪个爱丽丝？"我回答道："你不懂。"他很坚持，想知道更多关于爱丽丝的事，我便开始描述这个人，就从沙滩上的那一个画面开始，就像她很小时我就认识似的。现在她长大了，离开了这里，我就负责照看房子和她的卧房。"可是这儿空空如也啊。"他说。我嘀咕着："这是你的想法。"

通常，我都是在火车站、小酒馆或者街道和他偶遇的。他从没登门造访我的公寓，我也没去过他家。他的存在既不寻常又寻常，总是在人生重要的时刻出现，比如选择的时刻，想改变，想创造，想构建新东西的时刻。

他继续对我纠缠不休："你不该买下这栋房子，你会觉得无聊的，这里太偏僻了。"我没买下它，不管他说什么，我都不做声。他关上门，对别人说："不是这间，是爱丽丝的那间。""爱丽丝是谁？"一个女声问。

等待的时候，所有的一切颠倒错乱。我突然想起来了这场景，这些人租下了房子，正在为我密谋生日派对。我那时又气又恼，十分厌恶这种"葬礼"式的惊喜。周围没有什么松林，房子也背对着海，最后我们所有人都睡在了客厅里。那是在夏天。

五月，巴黎，我们加入了学生们的游行队伍。我们中的很多人在此之前不相识，在此之后却从未分开。有些人在里面迷失了方向，走入冷眼旁观的队伍；有些人则背弃了革命。而对我来说，一切都已经失衡。我把所有的口号都献给父亲。当我在街道上奔走，极度渴求更加美好的世界时，我想起父亲并不相信存在更加美好的世界，如果他活着，我们必定为此产生分歧。我想念这些分歧，也想念他。他想要什么样的世界呢？美国淘金热还是弗格森农用机遍布大地？还是法兰克·卡普拉创造的温柔又美好却已像他一样不复存在的美国呢？

捷克斯洛伐克的动乱一下子动摇了我们的信念。八月，前苏联的坦克驶入布拉格，杨帕拉献出生命。四年之后，对杜布切克的审判开始，那时我只身前往布拉格，却发觉布拉格不再是昔日景象。这次旅行在我的记忆里留下了不能抹去的伤感的刻痕。我因无能和愤恨落泪。夜色深沉，我走在小巷里，寻找着我们被人唾弃的梦。坦克带来的阴霾还没有散尽。恰佩克的安东宁正在卢塞纳通道上游荡，成为地下自由的俘虏，赫拉巴尔也把视线转向众神，并同弗拉基米尔与埃贡一同饮着诗词酿成的美酒，在《雄猫》《说话的狗》《黑牛》的世界里游弋……这些年，和安德烈叔叔的粉笔画一样模糊不清，一幕幕明亮喧闹宛若节日，即使给我们不安分的生活留下了道道疤痕，却仍令我记忆犹新。

我任自己被海边的网擒住。海浪声搅得我心神不宁，漫长的等待为我设下了陷阱。我试图在帕斯齐埃留下的混沌中清理出头绪，但却以失败告终。人们向我问起这个人，但却没人听过他的尊姓大名。一个女性朋友问我："他是谁?"可我发现自己知道的绝不比她知道的多。我提起他的剧院，她笑着说："又是你的剧，这困扰你好久了，不是么?"

快七点了，我开始想象他会不会带着他的作品和房子钥匙一起坠入海底了。我开始怀念本不该离开的卢瓦尔河岸边的宁静。现在我急需那种宁静，在那里，鸟儿掠过天际，跌进慵懒的河水里，夜晚的霓虹映在水面，在落日余晖下泛着粼粼波光。

渐渐，想象中的房间被家具堆满，这些家具我都认识，它们来自不同时期的不同地方，其中有我的童年，尤勒的房间，友人的家里，家具中还有父亲的旧扶手椅，不过伊祖没在上面，钉在墙壁中间的衣帽架上面挂着霍尔瓦特的士兵的制服上衣。这时，母亲进来了，对我说："别哭了，爸爸他把你忘了，他不知道今天是星期天。"

我不知道今天是什么日子，为什么我会在这儿想起她？我从不和她谈论看过的房子，我从来不和她说我的事，我只和她说关于她的事，编造的故事往往能求得她的安心。这是唯一能亲近她的方法了。我不再怨恨她，因为我知道，那个让她改变的地方或许是她的避难所吧，恶魔可以给予她平静。尽管为了不被爱驯服，她的眼神依旧冰冷疏离，但母亲终于不会再拒绝我亲昵的举动了。

想象中的她穿得和那个星期天一样，花裙子衬得身型颀长，凉鞋里穿着白色的短袜。她重复道："别哭了，爸爸他把你忘了，他不知道今天是星期天。"

裙子的料子是绉纱，有褶饰，小小的淡粉花朵印在海蓝底子上，白色的领子。在我出生没多久时她拍过张照片，穿的就是这条裙子。照片里的母亲坐在一幅圣母玛利亚画前（这巨幅画像几乎占了尤勒客厅的整面墙壁），正给我递奶瓶。我裹在襁褓里，只有一丁点大小。她盯着镜头，但是眼神中可以读出强烈的不想出现在照片里的渴望，她不在这儿，她的双眼这么说着，发出无声的呐喊。照片里画中的婴孩欠身正望着我们。圣母玛利亚则看不大清，躲在昏暗的角落，似乎没有被很好地收入画面之中。这样取角度拜拍摄者的灵感所赐，多半是出自尤勒的手艺，但是生育却让母亲有张惨不忍睹的面孔。他知道这些吗？他难道没看到他女儿的悲痛吗？她在想什么呢？在想谁呢？我父亲？还是能带走父亲的战争？又或是想着她不知名字的一个人，以前不知道，以后也不会知道，那是一段失去的爱情吗？

在另一张几年后拍摄的照片里，她也穿着这条裙子。那时战争带动了经济的发展。我长大了，有六七岁。她还是坐着，这次坐在院子里，背后是灰色的斑驳的墙。她双腿相叠，穿着黑色的长袜，系带鞋略显死板，不大有女人味。我在她身边，站着，头上绑着巨大的缎带，膝盖外翻，就像我一直想养的小马的膝盖那样。照片里的我把一只手放在她的裙子上。直到现在我仍旧对这种轻质的有些略皱的布料有深刻的记忆，它们在我手指间流走，留下爱抚一般的感觉。

那年还是属于猩红热和彼得潘的一年。一个比我大些的邻居女孩，苏珊，来到我枕边，给我带来彼得潘的故事。我闭上眼，感觉自己身在海德公园，如此逼真的想象要多亏了尤勒，多亏他每天早上带我去他广阔的领土探险，那时候我们穿越林中空地，跨过向河流方向急转直下的斜坡牧场，还要多亏那些现在还在我脑中追之不去的故事。每每进入梦乡，我都相信夜里会有翅膀在肩膀上孵出来，等我醒来就能翱翔天空了。

这也是安德烈叔叔去世的一年，池塘和花园间的安身天堂就此土崩瓦解。高烧把我带远，带到父亲和我坐在找回来的摩托上的逃亡冒险中去。乡间的道路穿梭在绿色的海洋上。耕地马苏丹领来一群小马驹。这群小马我全都认识。它们陪我们直到河边，在那里马驹可以喝个饱，然后我和父亲再继续我们愉快的旅程。

周围的景色像是安德烈叔叔的画，他布满粉尘的手指涂抹着粉笔印，大拇指把清晰的线条擦得模糊，似乎他喜欢透过薄纱看世界，似乎宁可丢了细节也要追求朦胧的质感，这样的画，宛若一场转瞬即逝的酣梦。我领着父亲来到他从未涉足的小天地，在这里，没有他时的快乐等于一种背叛。沉默一直伴随左右，安宁最终来到我们身边。可小马驹和苏丹的蹄子总会打破这安宁，横冲直撞地把我们带到傍晚的落日中。

高烧不止，病情不断恶化。母亲召集了很多医生围在我床边。在缺少抗菌酶的时候，我从他们脸上看到我能解读的一份担心。安德烈叔叔在召唤着我。我并不害怕和他见面，这不是一种真的濒死体验，而更像是不断被抹去，渐渐远离尘世的感觉，我觉得自己会到达一个隐秘的地方，在那里有父亲和母亲，但不和他们一起生活，不会感受到他们的痛苦。我准备好了迎接这一刻的到来，但痊愈阻止了我。

母亲觉得海滨之旅对我来说会是最好的选择，于是他们租下了勒克鲁瓦希克的一栋别墅，以便让那里的碘助我恢复体力。父亲在睡觉前——睡觉实际上是他漫长苦难的开始——有那么两三次，曾带我去看渔港的拍卖活动。船舶几乎在同一时间到达，我们跟着它们靠岸，登上码头，头顶饥饿的海鸥叽叽喳喳地飞来飞去，相互争斗着。渔夫们互相打着招呼，从船舱取出战利品，放到推车上。女人们穿着靴子，戴着手套，围着橡胶围裙，朝渔夫这边涌来，给他们端上一杯热咖啡，拉走推车，开始分拣工作。

父亲会向渔夫提各种各样的问题，我还记得有个渔夫邀请我们登上他的船去看他捕到的鲨鱼宝宝，渔夫还对我们说，有时候人们看到被捕的鲷鱼在网里变换颜色，断气前像金子一样闪闪发亮时，会不禁流下眼泪。我们买了些沙丁鱼和马鲛鱼，沿着岸边向家走去。这个时间的沙滩空荡荡的，我们留意着夜间搁浅的水母，大手牵小手，默默地踩着沙土。我深深地吸着海的味道直到感到恶心，想着尤勒在乡间早上给我们描述的梅尔维尔笔下的白鲸，这种神秘的动物生活在大海也生活在儿时的想象中。那时，我还不知道这个时刻意义非凡，它将不停点亮我的人生，当周围的一切都倒塌时，助我跨过艰难的时刻。

有时候，父亲会把海鸟或是天边的渔船指给我看，还会给我解释海潮。随后，他以坚定的口吻对我说："等我老了，我会在这儿有自己的房子，那是我的国度，你明白么？""是的，我明白。"对我来说，我的国度，就是尤勒的房子，他的林子，他的林中空地和蘑菇丛。我回答他道："我会来和你还有伊祖一起住的。"

他口中的房子是不是就是草稿上的海滨别墅呢？既然许诺最终没有实现，那么这是不是我们之间的约定呢？他知道自己的死期，也知道自己永远不会在他的国度里过上安逸的生活，伊祖也将离开我们，而我一定会变成一个奔波劳顿的女人。我花了很多年去揣测那些画稿的含义，说服自己相信它们传递了父亲的请求，像这样的请求：来找我，尽管我已不在，但我会让房门大开，迎接你的到来……

有时候在参观的过程中，倚着昏暗的走廊里的墙壁时，我会听到含糊不清的低语，那是一代又一代房主留下的呼吸，深深地嵌在墙壁里。画面重叠，影像交错，房门都毫无保留地敞开，露出赤裸的墙壁，墙上的瘢痕、污渍、撕裂的墙纸一览无余，这些画面为我指出一条小径，通向一直寻找的东西。

一天早晨，父亲突然出现了。那天我登上阁楼，阁楼里还有些东西，中介说可以负责在最短的时间内清理干净。一张铁床，一把裂开的椅子，一个箱子，箱子上放了一个大盆，盆里盛着不成套的餐具，还有一双小孩子的木底鞋，鞋底已经磨损。我把这些东西一把揽在怀里，动作迅捷得直让中介员工发笑，他说："我觉得您可以把它们通通拿走，您是收藏家吧？"

那是属于父亲的声音。记得有一天，我和父亲一同去拜访一位细木工匠，木匠的作坊就在我们楼下。那时我四五岁，父亲对我说，在他四五岁的时候，也穿着木底鞋，跟我一样，当他每天清晨走在上学路上，木头鞋底踏在地上的声音他至今难忘。说完这话，他握了握我的手，非常用力地握了握。

所以，我留下了木底鞋，我对员工说，如果我有钱做一些疯狂的事，那么就算仅仅为了这双鞋，我也会买下整栋房子。

当我发现一栋房子的心时，我总是能在那里待上很久，所谓房子的心，就是一个在我看来能留住点滴的一隅，比如透过未关严的窗子射进来的一缕光线，一种味道，窗台上的铁艺饰品，一张被遗忘的画，一张日历，日历悄悄见证了或许当人们离开时，就不愿再回忆起的往事，或是重要，或是琐碎：S的婚礼，15点皮肤科，修车，咖啡和烟，给M打电话，火车票……

打开壁橱，不但能找到些细小的痕迹，也能找到悲伤的倾吐，难以启齿的吐露，就像一个架子底下刻着的一行字：我不再爱你。一天，当我掀开一张几乎粘在餐桌上的防水布时，发现了一个小孩子采集的植物标本，歪歪扭扭的，被遗留在这里，上面的花草构成了想象中的秘密花园。还有，在一面镜子的后面，我发现了许多明信片，抽出第一张，其他的也跟着掉了下来。所有的明信片都来自马达加斯加。在每张上面，一个男人都会对一个叫做“我的甜心”的女人问好。附言似乎是归来日期的倒计时，最后一张上写着142天。这个小村庄隐藏在一个我不知名的山谷里，里面住着这样一个我不知名的女人，每天收到数千公里外寄来的明信片。现在这里空了，但男人会不会在明信片被写上“此地址不存在”后，仍旧不停歇地寄来现不知堆在何处的那一堆明信片呢。

母亲第一次搬家，留下了代售的房子，去那儿看房子的人会不会在我们住了多年的地方感到墙壁有灵魂？他们有没有感受到我们风雨下的日子，抑或我们风雨后短暂的安宁，父亲的绝望，还有母亲和我在这巨大空虚下的绝望？

伊祖的毛还在飞舞，空气中残留着夜巴黎香水的味道，花园深处还能听闻一声声叹息，就是在那里，母亲被灌木丛刺伤，也是在那里，战争年代的一个星期天，酣睡着一只灰白相间的小猫。在新房主不知的情况下，我们的影子在墙上出现，仿佛一个幸福的家庭，或许，它们是在弥补我们曾经对房子的迁怒，以及因我们而起，使房子陷入的混乱与悲伤吧。

帕斯齐埃一直没出现。港口被落日染红，余晖浸透了他消失方向的地平线。我冷得只打寒战，是时候离开这里找个电话亭，然后搭车回旅馆了。我又担心又生气，心里好失望。帕斯齐埃对“转瞬”这个词有着略微极端的理解。但是也不排除有意外发生，那就太叫人沮丧了。倘若真有意外发生，我必须原谅他的不守信。

虽然手里没钥匙，我还是关上门窗，在爱丽丝的卧房里走上最后一圈。当然，就是这儿，藏着房子的灵魂，守护着不可侵犯的地方。

为了看落日染红天际，我从沙滩跑到露台，登上了楼顶。窗棂里，大海几乎一动不动，只有微微的震颤和小小的浪声传来。那个被疯狂的追求者吓跑的爱丽丝，应该会怀念这永不改变的景象吧，不论谁不在了，不论过了多久，不论多么沉重的忧愁都不会改变的景象。

她和我，我觉得我们之间心有灵犀，即使简单的话语也能彼此沟通。她会听我说，帕斯齐埃的“转瞬剧场”像醉舟一样在海面上漂荡；母亲顺着海岸走着，避着水母，然后坐上了来找她的父亲的摩托车后座；一个声音说：“我是个士兵，我对此感到骄傲……”；市郊的花园让卧房里散发出茉莉花的清香；舞台上，一个我无法忘却的男人看着我的眼睛，念着独白。

我关上面前的百叶窗，四周陷入一片黑暗，这时楼下传来渐进的马达轰鸣。我便走下楼梯。

我不认识这个和我几乎同时到达露台的男人，他一声不吭地走进屋里，关上落地窗和百叶窗。

“我不明白。”我说。“我也不明白，”他不满地还了一句，“我只知道要带您去旅店，然后到那儿取钥匙，比我预期的行程就这么多加了十几公里。”他冲向楼梯，下楼之前跑着在楼上转了一圈，然后向我示意了下门口，动作勉强像绅士。之后，我们就走进了夜色里。

“我猜您不会买。”车子离开松林小路驶向大道时，他嘟嘟哝哝地说。我没做声，心里忙着揣摩这个我越来越搞不懂的帕斯齐埃。面前这个人的坏脾气挑不起一点交流的欲望，比起问他关于帕斯齐埃的事还不如我自己回到旅馆等答案的好。车大灯在面前挖出长长的光柱，把我送向无尽的黑暗，人人为己，真是一个无底洞，永远也填不满。车里飘来一股海潮的咸腥，我想起了口袋里满满的虾米，还忽然记起了小时候从夏令营回来时，被母亲掐着鼻子扔掉的忘在箱子里的海星。

“不管怎么说我很抱歉。”我说。夜晚放大了我们四周的沉默，安静里马达隆隆像浪一般。夜幕下的路，不认识的人，一切都那么似曾相识。

“我把您的决定告诉了杜福尔先生。”男人开口说道，“有人下午来买房，在这个人签字前杜福尔先生想知道您的想法。”“是一对情侣么?”我迫不及待地问。“不是，是个本地人，我不能告诉您更多细节了。”我说：“我想我认识他。”他把头转向我这边，我接着说道：“某种意义上来讲，是一对情侣。”

不知道为什么，我就是莫名觉得想买下房子的人是那个穿晨袍的男人，远远看去他像是舞台上的士兵，被绝望冲昏头脑，在最后的一场博弈里屈服于不幸的命运。

我已经不想帕斯齐埃的事了，转而想起那个下决心离开对爱丽丝的爱的见证地的男人。我的出现加深了他的痛苦，也激发了他购下这个被外人发现的地方的冲动，在这里，还残存着那段故事留下的痕迹。他大概会让房子保持原状，每天夜晚都会来寻找那个年轻女人消散的气息。不用说，他一定会花几个小时凝视着黑暗，等着第一道曙光的降临，那时天边会出现一道清晰的线，然后阳光普照大地直至夜晚再度来临。沙滩上，他也许会和一个柔弱的小女孩擦肩而过，这个孩子正在找去往梦境的路，那是一个表象背后的世界，只为这个小女孩存在的世界。我平静地离开了这栋房子。我应该告诉穿晨袍的男人，正如几个小时前他跟我说过的一样：我相信您。他身上有种忠诚，没有忠诚，世间一切都是空谈。

我们的车驶过一个十字路口，拐进了一条小路，我问为什么不走大道，男人回答说他知道一条捷径，这让我想起了一个晚上，圣诞节的晚上，我和一个陌生人一起逃跑的经历。那晚我正从家逃离，躲避着盎盂相敲。我决定搭车去一百多公里外的尤勒家避避难。一辆车在我面前停了下来。开车的男人有着和我父亲差不多的年纪，也不怎么爱说话。我们很快驶出了灯火辉煌的城市，驶进了乡下深沉的黑夜中。我盯着车轮下延伸的路，两边的树向后飞驰。一种潜伏的恐惧侵蚀了我，我不敢动一下，连呼吸都变得困难。一只之前没注意到的黑色的卷毛狗突然从后面窜出来跳到我膝盖上，冲我吠叫。“没事的，”他说，“它只是高兴您在这儿，跟我在一起它觉得很无聊。”他改变了原定的路线，把我直接送到尤勒楼下，当我感谢他的时候，他却说他应该感谢我。这个人没有孩子，和我在圣诞夜的短暂旅程对他来说，是一个生活未曾给过他的礼物。

进入小旅馆后，我看到橘红色的猫坐在前台上。它冲我喵喵直叫，跳到我腿上，把我领到了院子，那里传来了女主人的声音。她和女儿一起坐在桌子边，示意我加入其中。我用眼睛寻找着帕斯齐埃的踪影，还没等我开口问，她马上对我说："他放下钥匙就去车站了。""他很担心乔。"她又说。"乔是谁？"母女二人交换了一下眼神，女儿转过来对我说："帕斯齐埃和一个男人一起住。"女儿笑得隐晦，她的母亲觉得应该做一下补充："就是乔。"

她们等着看我的反应，但是我只是坐在那儿，开始吃面前的番茄，不知哪双手把它们美美地摆在盘子里。她们觉得这新闻肯定会让我气愤或者痛苦，但我却不置可否，我默默地品尝着番茄，回忆着我在帕斯齐埃桌子上发现的来自乔的明信片。女儿站起来去厨房找东西。母亲靠过来，用指尖戳着我的手臂，小声问我："您恋爱了吗？"我们盯着对方好一会儿，我看出她渴望我承认。我没有立刻回答，笑了笑，让她能想象出一个自己喜欢的答案。她的大胆让我觉得有趣，这可是我从未料到的话题，作为我们之间的第一次真正的对话，没法逃避，于是我欠过身，语气私密地说："是的，但不是和帕斯齐埃。"她看上去有些失望。"您呢？"我问，这时她的女儿端来了一盘鱼，放在桌子上，说："我妈妈一直在恋爱！"我看着女儿："您不是吗?”我又想到了她对我说过的话：说起来不同罢了，还不都一样。我笑出了声。几乎同时，猫向桌子方向冲来，企图偷一块鱼。巨大的混乱突然打断了我们的谈话。当平静再度归来，女儿叹着气说：“我啊，爱情……我不知道。”

好几分钟里，三个女人和一只猫都在思索这个对爱情的供述，最后母亲打破了沉默，下了定论：“谁知道呢。”这倒没错。我看着她，还是早上那副样子，枯萎的面容，迟缓的动作。我觉得我们之间建立了一种真正的秘密关系，若是一直聊，她很愿意和我一直聊到深夜。也许那个嗓音低沉的男人今天不来，或许再也不来了吧，也许那个女孩用雪白的手臂圈住的有着宽阔肩膀的男孩也不会来了吧。经过了一整天的等待和结识那些陪伴我许久的陌生人，我已经精疲力竭，只有告辞离开。“他在房间里给你留了话，他因为不能接你感到懊恼。”我再一次和她视线相对，她的表情和问我是否恋爱时的一模一样。我觉得我必须说点贴心话，告诉她点什么才行，不然误会会一直持续下去，于是我说：“我没再见到我爱上的那个人，我不知道为什么，但您是对的，谁知道呢，或者说知道了又能怎么样呢，不过，我绝对会再见到他的……是的，我会再见到他的。”

我走进房间，后面跟着橘红色的猫，似乎再一次肯被我收养。百叶窗都关上了，我把它们打开，对面的花园里传出一男一女的声音。还是那么亲密。床上放着一个信封。我走过去拿起它，突然感到一股悸动，这么多年过去了，这感觉还是那么熟悉。早晨落在床头柜上的父亲的手表，又开始转动起来，使落入恐惧的深渊之中，似乎永远不会停下。我抓起手表，将它丢进抽屉的深处，然后打开了信封。

> 我赶过去救生病的朋友了，得在那里待上三四天，可那时候您已经离开了。原谅出了这么个事，我把您的手表重新上了发条。
>
> 希望我们能再见面。
>
> 亚历克斯

安　静

无人的、静谧的剧场深处亮着一个小小的光点，那是一盏剧场小夜灯。我们这样称呼它。它守着酣睡的后台，守着直到明早拉开幕布才苏醒的舞台，守着静止的布景。空旷的剧场里，曾经的呼声缓缓陨落。

长久以来，我内心的剧场里一直有一盏小灯。剧院里念白声四起，布景围着我旋转，我试图从后台开辟一条逃亡之路，却和一群不施粉黛、衣饰普通的人相遇，他们没有登上舞台，但依旧在幕布后演着他们的剧目和我的剧目。一些词趁我不备时溜了出来，或者说我本抗拒听到，但是它们顽强地追着我，就算换了环境也难以甩开。还有一些画面，在五十年代，也是父亲刚刚去世不久，出现在我们社区的电影院里，伴随着恐惧潜入记忆深处，这些重担不是父母为我留下的，但却以另一种方式，在出生时就深深植入了我的身体。

当它们被不论有意还是无意地忘却时——除非等着被长久的集体失忆症抹去——倘若地下室士兵的影子飘在霍尔瓦特的士兵身后，倘若市郊花园里的男人出现在舞台上，这些词和画面又会突然出现。尽管我努力让时间在手表上停住，停在 8 点 27 分，但重生的手表又会让它们从蛰伏的状态苏醒。这么多年来我没有料到还会再遇见转动的表针，没想到就是此时此刻。

一道道闪光在被撕裂的天空中劈啪作响。狭窄的木楼梯上，居民们穿着睡衣或睡裙，赤着脚拥挤在一起。我是其中唯一的小孩，父亲和母亲拉着我的手。当我从打开的窗户看到一道强光砸向城市的时候，惊愕不已，便去将父母唤醒。正值夏季。警报轰鸣，然后是可怕的宁静，接着是第一声爆炸。人们的身体擦过墙壁跑下楼梯，影子在身后拉得好长好长。

地下室深处，一对情人相拥站在那儿。他们像是邮寄明信片的情侣，女人焦急地将一张又一张明信片寄给前线的男人，男人把这些明信片贴身保管，这样就能读上好几遍，也能在战壕刺骨的寒冷中获得安宁了。他们两人的面孔在我的记忆里消融。坐在地下室的煤堆上，他们不看任何人，却承载着所有人的目光。父亲沉默着，母亲也是。

有时候舞台会变得空空落落，幕布降下，然后一切又重新开始，父亲出现，脸上脏兮兮的，呜咽声似败者的悲鸣，丢了的摩托有了新主人，然后是母亲，还有母亲的斥责："去洗洗，你吓到孩子了。"接着是血，泪，同样的词，一连串的画面出现在幕布上，夜的黑，雾的白，两人的身体纠缠在一起，仿佛死亡凝固了这爱的拥抱。他们缓缓坠入墓穴，轻盈，柔弱，悄然，安静，避世，隐默，在最后寒冷中找回战火里的一线温存。

霍尔瓦特的士兵曾这样预言：下一次战争将和本次截

然不同！更野蛮，更粗暴——那将是毁灭性的战争，要么全要，要么什么都别要！

犹太佬，父亲有时这样称呼他们，说起来就像是在谈论木偶。在家庭风暴的短暂平静中，我们咀嚼和餐具碰撞发出的声音盖过了广播中的世界要闻和国家新闻。战争在四五年前就结束了，那些字眼对我来说只是律动或幻想的产物。犹太佬就像是个有趣的词，让我想起了里昂木偶话剧院的木偶，它们被搬到了校园里，熟悉的人物和万年不变的包袱还是能引来阵阵欢笑和掌声。“什么是犹太佬?”“不要把你的手肘放在桌子上，吃完你盘子里的东西。”

在昏暗的剧场里，在这些叫人难以忍受的画面前，父亲又活了过来。他就在那儿，在我身边，把自己包裹在沉默的围墙里。我看到了他血淋淋的脸，眼泪，又听到了那个让我联想起里昂木偶戏的词，就算如此，我还是不能阻止自己去爱父亲，我爱得那么痛苦，他知道吗？母亲和他会不知道吗？当我知道这些词再也不是简单的音符，而别具深意时，或许就是我童年的终结，这代价是多么残酷。我并不怨恨父亲，我对他的感情比怨恨还热烈，他抹杀了我身上的一部分东西。

在抽屉的深处，手表微微颤动，每走一格便点亮一个画面。帕斯齐埃用发条让这个剧院重新运作起来，它既非转瞬即逝，也没有被海水淹没。我没有因为意外或者他的冒失而气恼。我只是想知道，自己是否有能力处理好好这已经发生的事。我拿起手表，打算把它放到他的房间，希望在它停止运转时我并不在旁。我受够了它带给我的苦恼。走出房门的一刻，我的腿挨上了猫咪温热柔软的毛。我不知道它从哪里来，就像不知所有猫从何而来一样，它既在房子里，又无处不在，不过它的存在有种让我安心的法力。我们一起进入了帕斯齐埃的房间。

房间还是那副样子，零零乱乱，表明他匆忙动身。床头柜上的书不见了，但是来自乔的明信片却依旧躺在乱七八糟的桌子上，马赛港口的图片背后写着简短的文字。展开的《西部法国》日报上报道着落成仪式上将请来当地名人和巴黎要人，还有些文化界的代表，和伺机等待曝光的政客。我看不出帕斯齐埃在这方面有什么才能，不过显然这些都是必做的场面活。文章配了一幅貌不惊人的图片，上面的剧院像是一只被打翻的船，或是搁浅鲸鱼的巨大身体，白色的躯体正如保罗·加德安描写的那样：苍白而蔚蓝。这部作品是在市郊的房子里读到的，时至今日仍旧记得一些片段。

> 鲸鱼就是横在海滩上的一条线，一道杠；在倒映出茉莉与荨麻的水塘里，缓慢的流水徒增了许多变数。这里变成了一个这样的地方：花园被闪电击中，最后的鸟鸣成为绝唱，胎儿过早地降生……

为了证明我们之间有一种秘密的关系，我把这些借来的句子写在照片的下方。这些文字难道不会把我们之间的距离一下子拉近吗?

压抑的热浪重新把空气凝固，我打开窗户。和昨天一样，花园里的狗看到我后冲我吠叫。一个女人喊着："坐下!"雪白的大腿在树荫下泛着光，我喜欢眼前的这个小小的乐土，他们苍白的身体在闷热的夜晚里显得那么鲜活。我坐在窗沿边细看空无一人的街道，聆听着花园里爱的絮语，轻轻的呓语像是催眠曲一般。我感谢上天安排我看到这对男女如此相爱。

把手表放在桌子上后，我离开了房间，总是有猫作伴开始让我心生厌倦。我走下楼，在厨房里翻找，希望能发现些酒，结果除了糖煮水果外一无所获。我坐下来，和猫一同贪婪地品尝着。睡意已离我而去，我害怕父亲歇斯底里的面孔再度出现，在母亲厌恶麻木的视线下，挂着泪水，吐出复仇般恶狠狠的字眼。

我想到了《小墓地》里贫穷的农夫提提。他在田野里挖出一个又一个洞，寻找着微量的黄金，寻找着生活的意义，寻找着三十年战争阴影下的精神寄托。一个荒谬的梦想成了他的支柱，他从来不让亲爱的吉尔和格里塞尔达暴露在纺织机器搅起的灰尘里，也不许她们的双眼蒙上疲惫。与其糟蹋女儿们的美貌，他宁愿用绳子逮住一个传说会妖法的白化病人，以及两个吃不饱饭的黑人来助他一臂之力。提提不是个坏人，只是是个种族主义者，和别人一样，粗野，不合群。在他的身上，我看到了父亲说服的那个顽固农夫的影子，提提和这个农夫一样，都对他人有着本能的戒备。不过我还是看到他们变成了朋友，父亲帮助他在那片“小墓地”上找到了水源，更说服他购买弗格森农用机以取代徒手挖掘（在我眼里，父亲也是个淘金者，这样的想法令我高兴）。他年纪轻轻就离去了，没有留给我与他相识相知的时间，没有留给我争吵的时间。我觉得生活应该给予每个人足够的时间，让他们变成真正的模样才对。

我走出庭院，走向街道，走到广场。橘红色的猫一直顺从地护送着我离开。那个在某处等我的人杳无音信。我走进了另一个生活当中，也许这才是现实。

村庄蜷缩在低沉的天空下睡了。雷雨的哽咽先是从远方传来，越来越近，越来越猛烈。我等待着雨水将我包裹。

晨光升起，天空已经发泄完了它整夜的怒气。透过打开的窗户传来泥土的香气和被雨水沾湿的青草味以及花园的芬芳。它是否成了我朝思暮想的那个花园呢？那个花园就像一个熟悉的身体，我可以闭上眼睛穿过它，循着气味找到它；我能辨识出所有的花，所有的灌木，还有仙人掌，也能背诵出其中一些的学名，我能把一切勾勒出来，不漏下哪怕最微小的细节。我俯下身试图感受花园里的一草一木，但周围是那么平静，荒凉。这里是一个安静的小世界。

我迅速地收拾好行囊，倒不是被时间所迫，载我离开的火车中午时分才开，我就是没来由地担忧，莫名地不安。以后，再不会有跟什么中介员工的会面，也不会有等着我参观的房子了。

我下到一层。女主人和她的女儿还在睡着。我学着帕斯齐埃，准备好咖啡，坐到院子里的桌子旁。熬了一夜后，我有些疲倦但并非疲惫，疲于洞察生灵和物品带来的特殊刺激。我希望能在离开前再见母女俩一面，昨夜的交流让我们之间建立了一种联系，我希望这种联系能持续到最后一刻。

水龙头突然发出嘘声，吓得猫跳上墙壁。看到我后，它向我冲来，一下子跳到我的膝盖上。它还记不记得我们一起度过的那个夜晚呢？猫从嗓子里发出呼噜噜的声音，我全身心地感受着它身体的颤动；感觉不错。阳光跨过屋顶，一下子照亮了院子，翻开了新的篇章。

我想到了海滩，露台，安静的房子，松树林，像是女帽上的纱网般架起的渔网，还有爱丽丝昏暗的房间。我听到了浪花的声音，像是非洲雨声器发出的。穿晨袍的男人走在沙滩上，小女孩在沙子上挖着隧道，想去往梦中的世界。那边同样翻开了新的篇章。

我听见了父亲在圣吕克大街上的笑，还有黑色“坦罗”停在楼下时发出的轰鸣。我听见了房间对面碧绿的宝盒里发出的爱的呓语；我看见了母亲，年轻而美丽，披着裘皮，戴着手套，胳膊下夹着手包，去往城里的背影。我看到她躺在沙滩上，离我那么近，又那么远。我看到她待在充满悲伤的房子里，当我扶起她的时候，发现她那么轻，像是一个惧怕黑夜的老小孩，令我难以平静。

我看见了满脸泪痕和血迹的父亲，我听见他嘴里重复着：“犹太佬！”这个冒冒失失的人不会知道他将以过早的离开来为此赎罪，丢下我一个人来面对这些恶狠狠的字眼。

我看见伊祖。我看见昔日的阳光倾泻下来，那时，我们和尤勒一起走在乡下的田野上，大地还未苏醒，清晨的薄雾好似安德烈叔叔手指在彩粉画上划过留下的痕迹。

我看见帕斯齐埃那间如搁浅鲸鱼般的剧院，我听到他对我轻声说道：“每个人都是一个谜……”

我就像身处暴风中心一样平静。平静来之不易，难以想象在周围随时可能崩塌的世界里，我战胜了绝望。

女孩来了。她走进院子，带着熬夜的倦意，和我一样的倦意。她戴着耳环，穿着细肩带的连衣裙，脚踩高跟凉鞋。我冲她笑笑。看到猫趴在我膝头时，她说："妈妈看到了要嫉妒的。"她伸了个懒腰，在椅子里瘫软下来。"您要咖啡吗?"我问。女孩哈欠连连地点了点头。我走到厨房，为她准备咖啡和面包。像昨天从小窗里偷窥帕斯齐埃闭着眼抽烟一样，我看到她也把脸朝向太阳的方向。她把鞋甩在一边，赤裸丰满的脚像是个小女孩的，当然，她的的确确还是个孩子。我羡慕她每时每刻的洒脱，即使来自长辈的叮咛也不能束缚住她的脚步。

她边喝咖啡边跟我说，她和我看到的那个窗边的男孩分手了。她也不知道为什么，也许是不想再做情感冒险的囚徒吧。我出神地听着她的话，看到了在她这个年龄的冷酷与决绝。

卢瓦尔河沉浸在它美好的静谧里，等待着我。几个小时里，我躺在沙洲上，盯着来去的鸟儿掠过头顶。离开小旅馆的时候，我把父亲的表从帕斯齐埃的房间里拿了出来，一到这儿，我就将手表放到水里，看着河水将它完全淹没。手表闪着光，像条鲷鱼死前的一闪，那么慢，那么柔和地走向消亡。

我欣赏着夏末天空中云朵的芭蕾，想着《花园入口》的作者。我决定把想到的句子写给帕斯齐埃看，他肯定会喜欢，也许还可以借此让他振作起来。

> 真实不属于这里也不属于那里，它在另一个地方，在一个我们难以想象的地方。要相信，正如我说的那样……它会在某个时刻，降临到我们面前。